suhrkamp taschenbuch 2605

Januar 1990: Gabriele d'Annunzio arbeitet an seinem venezianischen Roman *Feuer*. Da erhält er überraschend Besuch von einem ehemaligen Schulfreund Dario, dem Kameraden, der – wie Napoleon – Augen ohne Wimpern hatte. Die Begegnung läßt die gemeinsame Schulzeit in Prato Revue passieren. Damals haben die beiden sich in eine Napoleon-Begeisterung hineingesteigert. Dario ist der Anstifter gewesen, aber Gabriele hat sich als der Stärkere durchgesetzt. D'Annunzios »Schulgeschichte« gibt Aufschluß über das Werden des die Jahrhundertwende dominierenden italienischen Dichters, dessen zwiespältige Faszination bis heute nicht erloschen ist.
Gabriele d'Annunzio, 1863 in Pescara geboren, starb 1938 in Gardone (Gardasee).

Gabriele d'Annunzio
Der Kamerad mit den wimpernlosen Augen

Aus dem Italienischen übersetzt
von Karin Fleischanderl
und mit einem Nachwort versehen
von Katharina Maier-Troxler

Suhrkamp

Originaltitel der erstmals 1928 veröffentlichten Erzählung:
Il compagno dagli occhi senza cigli
Die Übersetzung folgt dem Abdruck in
Tutte le Opere, Prose di ricerca II
Umschlagentwurf: in medias res.
Umschlagfoto: Paolo Marton

suhrkamp taschenbuch 2605
Erste Auflage 1996

Druck: Nomos Verlagsgesellschaft, Baden-Baden
Printed in Germany

1 2 3 4 5 6 – 01 00 99 98 97 96

Der Kamerad mit den wimpernlosen Augen

Für Eleonora Duse, die ihr
Genie und ihre Liebe während
des ganzen Lebens im Exil
sich selbst abwechselnd als
Lampe und als Opferfeuer
leuchten ließ.

Fast die ganze Nacht habe ich an meinem venezianischen Roman gearbeitet. Wenn meine Leidenschaft anhält, werde ich ihn in drei Wochen beendet haben. Das Kaminfeuer erlosch gegen vier, ich spürte jedoch nicht, daß die Luft um das Werk meiner Phantasie abgekühlt wäre.
Mir war vielmehr, als würde ich gemeinsam mit den Glasbläsern von Murano vor dem Schmelzofen atmen, als hielte ich nicht meine Feder in der Hand, sondern die Glasbläserpfeife, an deren Spitze sich das geschmolzene Glas befand, als würde mir nicht meine stille Olivenöllampe Licht spenden, sondern die Flammen des großen glühenden Altars. Um den Kelch zu formen, mußte ich das Wort in jene kleine Birne aus glühender Glasmasse verwandeln, die der Lehrling Stück für Stück der Form beifügt, die unter den Berührungen des Werkzeugs entsteht. Meine Hände mußten so geschmeidig und behutsam werden wie die versengten Hände des braven Seguso, dessen Gesten so flink und leicht waren wie »die Bewegungen eines stummen Tanzes«. Und schließlich, auf dem Papier, kühlt das Glas langsam ab und färbt sich wie in der Farbe des Morgens, die ihm von meinem Geist wie von einer kräftigeren Morgenröte als der wirklichen verliehen wird.
Allem Anschein nach muß die Kunst, die Bilder und Vorstellungen am stärksten heraufzubeschwören vermag, wie die Magie, in der Nacht oder vor Tagesanbruch betrieben werden. Ich habe festgestellt, daß die schönsten Seiten immer zur Stunde der Träume entstehen, zur Stunde des Hahnenschreis und des Rauhreifs. Der Körper ist wach, und die Augen sind offen; die Seele jedoch ist »kurz vor dem Erwachen« wie jene des Schläfers und besitzt eine geheimnisvolle Fähigkeit, alle Dinge zu durchdringen und sich in sie zu verwandeln. Was ist denn die Phantasie, wenn nicht der Traum, zu träumen?
Ich legte mich nieder, ohne müde zu sein, und ich kam mir

nicht vor wie einer, der gerade einschläft, sondern wie einer, der gerade erwacht. Die Bilder in meinem Kopf hatten nicht länger den Charakter von Erscheinungen, sondern von einfachen Erinnerungen. Ich dachte an den Tag, an dem ich tatsächlich in Murano gewesen war, an dem ich das Material gesammelt hatte, das der Kunst zur Auswahl unterbreitet werden sollte. Und ich begutachtete die Dinge, die der Auswahl zum Opfer gefallen und jetzt unbrauchbar waren. Sie gehörten zu einem anderen Leben, einer anderen Welt – einem erloschenen Leben, einer ausgestorbenen Welt. Auf einem von spärlichen Akazien umgebenen Grasflecken vor Santa Maria degli Angeli saßen die Frauen auf den Stufen vor ihren Türen und fädelten Glasperlen auf, indem sie ein Bündel Eisendrähte in einen vollen Korb tauchten und sie voll aufgereihter Perlen wieder herauszogen; und diese Bewegung wiederholten sie unverändert und ununterbrochen bis in die Dunkelheit des Schlafs.

Das Unbehagen, zu einer ungewohnten Stunde aufzuwachen, ist heute größer als sonst. Umsonst spitze ich die Ohren, um die Geräusche des Tages zu erkennen. Die mittägliche Stille gleicht der mitternächtlichen, sie ist jedoch durchdrungen von einer unmerklichen Angst und einer unmerklichen Drohung. Meine Unruhe ist fast wie die Angst zu leben, die Angst, den Vorfall noch einmal zu erleben und dem Menschen noch einmal zu begegnen. Heute morgen hat meine Rüstung eine wunde Stelle, und ich fürchte mich vor der Verletzung. Aber wer sollte mich verletzen, und wie? Der Grund für mein großes Unbehagen ist nichts anderes als ein angekündigter Besuch! Nach zwanzig Jahren soll ich heute einen Kameraden aus dem Internat wiedersehen und mit ihm das Gespenst der frühesten Jugend, die doppelgesichtige Larve der Pubertät.

Er ist nach Florenz zurückgekehrt, nachdem er lange Jahre in England ein geheimnisumwittertes und hartes Leben geführt hat, von dem nur wenige Nachrichten durchsickerten. Ich weiß, daß er krank oder vielmehr zum Tode verurteilt ist. Von Mal zu Mal habe ich die schmerzliche Begegnung aufgeschoben. Sein Brief von gestern erlaubt mir jedoch nicht länger, Ausflüchte zu gebrauchen. Ich spüre bereits, wie mir das Herz schwer wird und sich die Kehle zuschnürt. Gleichgültig betrachte ich die Seiten, die ich heute nacht geschrieben habe, ich verspüre nicht den Wunsch, sie durchzulesen. Der Glaskelch scheint in Stücke gegangen zu sein, noch bevor ihn die bebende Hand Perditas zerbrechen konnte. Kann das Leben manchmal ein derart grausamer Feind der Kunst sein? Nichts verbindet mich mehr mit meinem Werk. Der gemeinsame Rhythmus ist verebbt. Das Gesetz der Schönheit hat seine Gewalt über meinen Tag und meine Einsamkeit verloren. Eine unbekannte Kraft tritt in Erscheinung und verlangt Einlaß; wie in manchen dunklen Nächten, in denen man ohne die Geliebte schläft und hin und wieder hochfährt und auf das Knirschen eines Schlüssels im Schloß horcht, auf das der Schein einer Blendlaterne fällt.

Ich gehöre zu jenen Seefahrern, die sich die Ohren mit Odysseus' Wachs verstopfen, um die Sirenen der Vergangenheit nicht zu hören und nicht der Versuchung zu erliegen, sich umzudrehen und die Schot loszulassen. Dennoch kommt es hin und wieder vor, daß die toten Dinge vor mir auferstehen und ich ihren Pulsschlag so deutlich wiederhöre, daß die Gegenwart davon übertönt wird und die Zukunft verblaßt.

Heute ist einer jener klaren Tage, an denen sich die nackte und dürre Landschaft der Toskana jenen einfachen konturenreichen Holzschnitten anzugleichen scheint, auf denen einzig und allein Dantes Adlerprofil und sein Führer prangen. Dantes geistige Welt hat sich hier gewissermaßen zu einem Stil verhärtet, der mir den Beginn des Gesanges von Pier della Vigna in Erinnerung ruft. Wenn ich einen Zweig von diesen Pappeln abbräche oder einen Ast dieser knorrigen Weinstöcke abschlüge, wer weiß, vielleicht würden daraus »Wort und Blut gemischt« hervorquellen.

Ich gehe über den Feldweg, warte. Die Reblinge reichen sich

die Hände und fügen sich zu einem Reigen wie die Putten auf der Kanzel von Prato. Sie sind dünn und verkrüppelt, aber sie wiegen sich in einem geheimnisvollen Rhythmus, der das Bild der tanzenden Kinderkörper heraufbeschwört. Und nun scheint meine Ängstlichkeit dem Zauber jenes fröhlichen Tanzes zu weichen, der mir in den sieben Jahren meiner Gefangenschaft die Illusion schenkte, nicht das Opfer einer Horde von Paukern zu sein, sondern eines Reigens von Engeln.
Warum habe ich das Gefühl, ich hätte mich von diesem Marmor genährt wie von Brot? Vielleicht, weil er die Farbe reifer Ähren hat, wenn die Sonne ihn erwärmt und ihn gelblich schimmern läßt. So instinktiv wie ein Vogel den Hals reckt, um eine Frucht vom Baum zu picken, hob ich den Kopf und blickte zum Marmor empor. Der Anblick durchdrang mich wie ein Geschmack; und ich bin mir sicher, daß mich die Erinnerung nicht trügt und daß ich meiner damaligen Naivität nicht meine verfeinerte Sensibilität von heute zuschreibe.
Aber auch damals schon besaß ich eine ganz spezielle Art und Weise, die Dinge zu erfahren und in Besitz zu nehmen. Wenn ich an das herrliche Bronzekapitell denke, das an einem Außeneck des Domes die Kanzel stützt, und wenn ich an sein fehlendes Gegenstück denke und an die Konsole aus nacktem Stein, die sich an seiner Stelle befindet, dann ist mir, als wären mir diese Dinge damals nicht als unbeseelt und fremd erschienen, sondern als Teil meines Lebens und meines Schicksals. Ich fragte den Erzieher: »Warum fehlt das Kapitell?« Und er antwortete: »Angeblich haben es die Spanier mitgenommen.« Ich blieb jedoch ernst und nachdenklich, als hätte ich ihn gefragt: »Was ist die Welt? Was ist der Tod?« und wäre nun enttäuscht von seiner geistlosen Antwort.
Ach, Dämmerung des Jünglingsalters, voll gedämpfter Melodien und verworrener Gedanken in den unentwirrbaren Venen, wie soll ich von dir sprechen?
Ich war Klassenerster, beim Spaziergang wollte ich jedoch immer der letzte in der Reihe sein; und Dario, den Freund, den

ich nun erwarte, ließ man neben mir gehen. Wenn wir von der Porta Mercatale zurückkamen und links am Dom vorbeigingen, um dann wiederum links abzubiegen und in den Schatten der engen Gasse einzutauchen, die auf den Platz vor dem Palazzo Pretorio mündet, wandte ich mich stets um und warf einen Blick auf die Südfassade aus grün und gold glänzendem gestreiftem Stein, auf die Kanzel in der Farbe reifen Korns, auf das große versteinerte Engelsnest, das die Flüge und Schreie der Mehlschwalben streiften. Das Herz wurde mir schwer beim Gedanken an die Freiheit. Da ich die Augen nicht abwenden konnte, machte ich hin und wieder einen falschen Schritt und geriet aus der Reihe. Da packte mich Dario am Arm und führte mich, bis ich mich losgerissen hatte.

In meiner Erinnerung sehe ich ihn nun bei einer Tat, die vielleicht am besten das Wesen, das ich war, zum Ausdruck bringt. Wenn wir an der Tür unseres Kerkers angelangt waren, hörten wir bereits den gemessenen Schritt unserer Kameraden im Gang widerhallen, während wir, die letzten, noch im Freien standen. Der Erzieher mußte uns schieben. Wir waren gereizt und traurig; aber die Kraft unserer Freundschaft tröstete uns. Wenn wir an manchen Abenden den dunklen Schlafsaal betraten, nahmen wir unsere Gürtel ab und benutzten sie als Geißeln, um damit unsere Schreibtische zu geißeln. Die Kameraden taten es uns nach. Die Schläge prasselten nieder wie bei der Poltermette in der Karwoche, bei der man im Gedenken an den Leidensweg Christi mit Ruten auf die Kirchenbänke schlägt. Ich und Dario waren einander so nah, daß wir das Weiße in unseren Augen leuchten sahen. Eine plötzliche Raserei hatte von uns Besitz ergriffen, und wir verdoppelten die Heftigkeit, als wollten wir einen Feind verprügeln, der hart im Nehmen war. In diesem Schabernack aller verbarg sich etwas, was einzig und allein uns beiden gehörte; ohne daß wir gewußt hätten, was. Das Licht ging an. Der Aufseher, der wütend ins Zimmer gestürmt kam, fand uns mit den Gürteln in der Hand vor, während auf unserem Gesicht der Ausdruck der gemeinen Prügler in den Häusern des Kaiphas oder des Pilatus lag. Er fragte: »Wer hat damit angefangen?« Sofort antwortete Dario: »Ich!« Und meine Antwort folgte auf die seine wie der zweite Schuß aus einem doppelläufigen Gewehr. »Wer also?« Diesmal gingen die beiden Schüsse gleichzeitig los. Und gemeinsam zogen wir den Kopf ein unter der Züchtigung.

Wenn ich den Brief lese, den Michelangelo am 17. Oktober 1509 an seinen Bruder Buonarroto schrieb, habe ich den Eindruck, daß niemand sonst jemals so bittere Worte geäußert hat: »Ich habe keinerlei Freunde, und ich möchte auch keine.“ Gewiß, je weiter das Leben voranschreitet, desto härter wird es. Aber ich, der ich so viele Dinge um mich herum habe verfallen und zu Ende gehen sehen, kann nicht ohne Schaudern an den Tag denken, an dem ich auch den Glauben an die Freundschaft und das Bedürfnis verlieren werde, mich jemandem anzuvertrauen.

Das Schicksal wollte es, daß ich den Zauber der Freundschaft viel früher kennenlernte als den der Liebe. Deshalb habe ich mein ganzes Leben lang ein Gefühl des Bedauerns und der Erwartung verspürt. Nie wieder habe ich jedoch ein derart frisches und freies Gefühl kennengelernt wie jenes, das meine Seele ganz erfüllte, wenn ich mich beim abendlichen Trommelwirbel, der das Ende dreier langer Studierstunden anzeigte, von meinem Tisch erhob, während sich Dario von dem seinen erhob, und wir inmitten des unbarmherzigen Lärms unserer Kameraden aufeinander zugingen und uns mit einem stummen Lächeln in die Augen blickten, die vom Licht der Lampe, die allzu oft qualmte, ein wenig geblendet und erschöpft waren.

Und dennoch war noch mehr Öl vonnöten, um unseren Traum zu erhellen.

Vor einiger Zeit las ich im Buch von Vespasiano da Bisticci aufs neue die *Vita* von Giuliano Cesarini, und plötzlich brachte mich ein heftiges Gefühl dem Mann, der mir lebendig vor Augen stand, sehr nahe: »In der Nacht ging ihm manchmal das Licht aus, und er hatte nicht genug, um studieren zu können; also sammelte er am Abend, wenn die Kerzenhalter von dem Tisch entfernt wurden, an dem er gegessen hatte, übriggebliebenen Talg und Kerzenstückchen ein, und damit hatte er in der Nacht, wenn er studierte, sein Auskommen.« Sieben Winter lang tat ich es jeden Abend dem Kardinal von Santo Agnolo nach. Kaum war die dreistündige Studierzeit vorbei, machte ich mich daran, die Öllampen zu inspizieren. Jeder von uns besaß eine jener Messinglampen, die »Florentiner« genannt wurden und die man auf dem Schaft höher und tiefer schrauben konnte, und ganz oben auf dem Schaft befand sich ein Ring, durch den man den Finger stecken mußte, um die Lampe tragen zu können. Ich schraubte von meiner Lampe den Ring ab und nahm den Ölbehälter aus dem Schaft, damit ich ihn leichter nachfüllen konnte. Und dasselbe machte ich mit allen Lampen; ich goß das bißchen Öl, das sich noch darin befand, aus, bis der Docht trocken lag; und auf diese Weise gelang es mir fast immer, meine Lampe Tröpfchen für Tröpfchen aufzufüllen und wieder anzuzünden, nachdem ich sie gut geschneuzt und gereinigt hatte. Aufgrund meiner langen Erfahrung war ich bei dieser Verrichtung einer klugen Jungfrau so geschickt und flink geworden, daß ich weder ein Tröpfchen noch einen Augenblick verlor. Wie im Gleichnis des Evangeliums mußten ich und mein Freund unserem Herrn entgegengehen; und unser Herr hieß Napoleon Bonaparte. Wir entzündeten unsere Lampe aufs neue, um den Helden und seine heroischen Taten zu feiern.

Dario war noch leidenschaftlicher bei der Sache als ich, er schien wahrhaft besessen zu sein. Er hatte sich dem Korsen mit einer Art fanatischem Eifer verschrieben, der es unmöglich machte, irgend etwas anderes zu verehren oder zu studieren, schon gar nicht die Aorist-Formen. Deshalb war er nur ein mittelmäßiger Schüler, obwohl er einen flinken und sehr scharfen Verstand besaß. Da seine Aufmerksamkeit einzig und allein

dem Übergang über die Beresina galt, waren ihm Xenophons Zehntausend völlig egal.
Ich weiß nicht, ob er mit dem Gesicht, das ich an ihm kannte, schon zur Welt gekommen, oder ob es von seiner Leidenschaft geprägt worden war. Vielleicht war seine Besessenheit vor dem Spiegel entstanden, so groß war seine Ähnlichkeit mit dem Jüngling aus Ajaccio, der auf den Stichen dargestellt ist, wie er in der Grotte von Milelli meditiert: eine fast durchscheinende Blässe, geschwungene Lippen, graue, wimpernlose Augen, spärliche Augenbrauen, kräftiges Kinn, hohle Wangen, feine glatte Haare über der hohen, von bläulichen Adern durchzogenen Stirn, mit etwas Furchtsamem und gleichzeitig Unbändigem in seinem ganzen Äußeren, etwas Freundlichem und etwas Wildem. So mußte der Sohn Letizias in der Schule von Brienne ausgesehen haben.
Darios Vater bekleidete irgendein ehrenvolles Amt im Königshaus im Palazzo Pitti. Ich erinnere mich, daß eine Zeitlang über meinen Freund ein infames Gerücht kursierte, wie es in Internaten unter grausamen Knaben oft entsteht. Da er als mutig und kampfeslustig galt, wagte es jedoch niemand, ihm offen ins Gesicht zu sagen, daß man ihn für einen Bastard hielt. Aber von einem anderen Kameraden hieß es, ihm hafte derselbe Makel an; und er besaß tatsächlich eine seltsame Ähnlichkeit mit dem galanten Gentleman-König. Wenn man ihn ansah, dachte man, daß ihm nur der dicke Schnurrbart und der lange Spitzbart fehlten. Ansonsten war er ein getreues Abbild des Königs.
Wenn ich mich während der Mittagsruhe etwas abseits von den anderen hielt, um mich mit meinem gleichzeitig klaren und getrübten Auge, wie ich es auch heute noch mein eigen nenne, umzublicken, beobachtete ich oft, wie sich aus dem Getümmel der Knaben unversehens dämonische Figuren herausbildeten, die fast das Aussehen von Ungeheuern mit mehreren Beinen, mehreren Armen und mehreren Köpfen hatten. Die Körper von drei oder vier Kameraden schienen von einem grausamen

und heimtückischen Willen zusammengeschweißt zu werden. Er packte sie an den Hüften und schleuderte sie in einen Winkel des Schlafsaales oder des Hofs, wo sich ein wenig Schweigen mit ein wenig Schatten mischte. Zuerst zwang er sie, mit den Gesichtern zueinander einen Kreis zu bilden, wie Ferkel, die aus ein- und demselben Trog fressen. Sie beugten sich vor, und ihre Kinnladen näherten sich einander mit einem verschwörerischen Flüstern; und zwischen ihnen war etwas Fließendes, wie eine unbestimmte und noch nicht feste Kraft. Ganz langsam schien sich dann in den Falten der losen Gewänder das kräftigste Rückgrat aufzurichten. Die Gruppe fügte, schloß sich zusammen, wappnete sich wie ein einziges böses Tier. Das einmütige Gejohle hatte etwas Unheimliches an sich, das ich noch immer zu hören glaube, wie das Schnauben aus einer einzigen Schnauze. Und als sich die Gruppe schließlich umdrehte und vorrückte, besessen von dem Wunsch, Böses zu tun, wunderte ich mich, daß unter der niederträchtigen und finsteren Fratze noch die einzelnen Gesichter zu erkennen waren, während die Pranken, die zu einem einzigen Rumpf zusammenliefen, sich mit der Vorsicht eines Raubtiers anschlichen, das die Falle fürchtet.

Dario und ich saßen wie jeden Tag an meinem Tisch, über eine Militärkarte von Smolensk gebeugt. Durch die großen Fenster drang ein graues und kaltes Licht, und die Glasscheiben klirrten im Wind; unsere Augen waren jedoch geblendet von der Feuersbrunst in der eingenommenen Stadt, unsere Ohren betäubt vom Geschrei der Verwundeten, die zu Hauf in den Gräben lagen, auf den Barrikaden, vor den Türen, auf den Straßen und in den Fluren der brennenden Häuser. Da warnte mich plötzlich ein Schreckensschauer, daß sich die fürchterliche Bestie hinter mir zusammenrottete.

Ich erinnere mich, daß das Gewölbe des Schlafsaals sehr stark hallte und daß es an manchen Stellen dröhnte wie von einem Echo. Ich hörte, wie das unvergleichliche Hohngelächter, das in meinen Ohren klang wie das Heulen eines Schakals, über mir gespenstisch widerhallte. Auch jetzt noch, nach so vielen Jahren, erschüttert mich die Erinnerung an den Klang dieser bubenhaften Grausamkeit und läßt mir das Blut in den Adern gefrieren.

Als ich mich umdrehte, sah ich ganz hinten im Saal die Gruppe der Entmenschten keilförmig vorrücken. An der Spitze befand sich eine Art bösartige Laus, die auf der Insel Elba als Sohn eines in Argentinien reich gewordenen Reeders zur Welt gekommen war, und fixierte das Opfer. Zwei andere flankierten ihn: ein Sarde aus Sassari, mit gelblicher Gesichtsfarbe und von Pusteln übersät, der bereits in jungen Jahren vom Nikotin vergiftet war und dessen einziger Lebensinhalt darin bestand, sich bei jeder Gelegenheit auf dem Abort einzusperren und heimlich seine stinkende Pfeife zu rauchen; und ein einfältiger Tropf aus Fucecchio mit dreieckigem Schädel, eine wahre Sumpfschildkröte, der man den Panzer abgezogen hatte. Drei weitere Gefährten folgten, mit den Händen im Rücken, als versteckten sie etwas Schmutziges oder eine kurze Waffe; und sie schwankten ordinär hin und her, mit einem schlauen Grinsen in den Augen, und auf ihren Zähnen lag ein grausamer Glanz.

Der zum Opfer Ausersehene saß ahnungslos auf einem Hocker neben der Tür des Schlafsaals; und verzehrte gierig und hingebungsvoll ein Stück Kuchen. Es war der mutmaßliche Bastard des Königs mit seinem großen runden Kopf, der kurzen, nach oben gebogenen Stupsnase, den weit geöffneten Nasenlöchern und den großen Ohren. Als er sich bewußt wurde, welche Gefahr auf ihn zukam, stand er, noch immer an demselben Stück Kuchen kauend, auf und wurde ein wenig blaß. Als die Angreifer gleichzeitig ein komisches Gebrüll ausstießen, versuchte er zu lachen. Da packten ihn plötzlich der Sarde und der Junge aus Elba an den Armen und warfen ihn auf den Kachelboden. Als der Überwältigte zu seiner Verteidigung Fußtritte austeilte, bekam der aus Fucecchio einen Tritt in die Schnauze ab, der ihm das Blut aus dem Zahnfleisch schießen ließ. Einer der letzten drei eilte ihm zu Hilfe; und sie packten die Beine des am Boden

Liegenden an den Knöcheln und legten sie übereinander, als sollte er ans Kreuz genagelt werden. Jetzt zeigten die beiden anderen Spitzbuben, was sie im Rücken verborgen hielten: ein Töpfchen Leim und etwas Werg. Während der am Boden versuchte, den anderen ins Gesicht zu spucken und sie in die Hände zu beißen, klebten sie ihm einen dicken Schnurrbart unter die Nase und einen langen Spitzbart ans Kinn. Sie hatten den Bart noch nicht fertig angedrückt, als sie plötzlich unter einem Hagel von Faustschlägen davonstoben.

Mit der Gewandtheit, die er sich auf den Italien- und Ägyptenfeldzügen angeeignet hatte, warf sich der Bonapartist auf die Gruppe, wobei er aus vollem Halse schrie: »Feiglinge! Feiglinge!« Ich war ihm nicht minder ungestüm und geräuschvoll gefolgt. Kaum war der Kuchenesser aus den Klauen des Sarden und des Jungen aus Elba befreit, richtete er sich wütend auf und teilte, noch bevor er sich den infamen Bart von Oberlippe und Kinn entfernt hatte, königliche Ohrfeigen und Kopfnüsse aus. Die Zuschauer rundherum feuerten die Raufenden lachend und kreischend an. Vernichtend geschlagen und verfolgt zog sich die Gruppe schließlich in Richtung Waschraum zurück und ergriff entmutigt die Flucht. Derjenige, der das Töpfchen im Rücken versteckt hatte, öffnete, rückwärts gehend, mit derselben Hand die Tür. »Feiglinge! Feiglinge«, schrie Dario ohne Unterlaß. Und nachdem wir einen nach dem anderen zu seiner Schande in den Waschraum gestoßen hatten, verschlossen wir die Tür.

Der tapfere Krieger drehte den Schlüssel im Schloß und zog ihn ab; und mit einer Geste fröhlicher und stolzer Anmut überreichte er ihn keuchend dem Befreiten, auf dessen Gesicht noch ein paar Wergflocken klebten. Seine von Frostbeulen verunstalteten Hände bluteten, aber er tat, als würde er es nicht bemerken. Er weigerte sich, den Hergang des Abenteuers dem herbeigeeilten Erzieher zu berichten, der ein verweichlichter Mensch aus Pistoia war, ein heruntergekommener Nachfahre von Vanni Fucci und della Monna, der nicht die leiseste Ahnung hatte von Parteien und Brandschatzungen, von Armbrüsten und Barrikaden. Dario setzte sich wieder zu mir an den Tisch, auf dem noch immer die Karte ausgebreitet lag. Als wären wir nicht unterbrochen worden, sagte er: »Marschall Ney bezieht also gegenüber der Vorstadt Krasnoj Stellung. Seine Linke stationiert er am unteren Dnjepr. Zu seiner Rechten, zwischen der Straße nach Krasnoj und der nach Mitislaw formiert sich das 1. Korps in zwei Linien. Die leichte Kavallerie des Königs von Neapel ...« Während er mit dem Zeigefinger auf die strategischen Punkte wies, tröpfelte reichlich Blut aus den frischen Rissen seiner gequetschen Frostbeulen. Ich riß mit den Zähnen den Rand von meinem Taschentuch ab, zog daran und teilte es mitten entzwei; dann begann ich, seine Hände zu verbinden.

»Dario! Dario!« Jetzt hat er aufgehört, in meiner Erinnerung zu sprechen und zu bluten; statt dessen sehe ich ihn plötzlich hinter einer Lorbeerhecke, ich sehe ihn, wie er in Fleisch und Blut auf mich zukommt, ich sehe, wie er schneller geht, wie er die Hände hebt, die er in weißen Wollhandschuhen verbirgt, wie sie grüßend winken, und wie er keuchend auf mich zutritt, glattrasiert wie damals, bleich wie damals, und er ähnelt einem Kind und einem Greis, mit einem herzzerreißenden Lächeln auf den farblosen Lippen und einer schrecklichen und geheimnisvollen Last auf den gebeugten Schultern. »Dario!«

Er liegt in meinen Armen, ohne ein Wort hervorzubringen, erstickt von einem Hustenkrampf, der schließlich in der armen, kavernösen Brust losbricht und den zarten, empfindsamen und schwachen Körper entsetzlich schüttelt. »Freund, mein Freund!« Niemals habe ich in einem menschlichen Blick eine derartige Verzweiflung und Traurigkeit gelesen wie damals im Blick seiner wimpernlosen Augen.

Ich kenne kein größeres Entsetzen als jenes, das mich überkommt, wenn der Wille, der mich zum Menschen macht, aussetzt und ich sehe, wie der namenlose Wind, in dem der Staub der Vergangenheit herumwirbelt, aus der Unendlichkeit näherkommt und sich gegen mich richtet, nicht wie die Schatten der Dinge, die waren, sondern wie die Schemen der Dinge, die kommen: und ich erkenne darin nicht den Ablauf des Lebens und auch nicht die Veränderung von dessen Wesen, sondern ich spüre in mir eine Art prophetische Starrheit, ähnlich der Starrheit des Auges, das sich öffnete, als ich schreiend zur Welt kam, und über dem nun mein Lid schon welk wird und die Wimpern sich lichten.

Der Wintertag ist klar und windstill, aber zerbrechlich wie eine Glaskugel in einer Hand, die sie von einem Augenblick zum anderen fallen lassen kann. Irgend etwas um uns scheint sich zusammenzuziehen, scheint Enge und Gefahr zu werden. Auf dem Feld schreit eine Bäuerin hinter einem davongelaufenen Kälbchen her. Sie schreit am hellichten Tag, und dennoch zuckt man zusammen, als würde plötzlich ein Fensterladen zuschlagen, während man gegen Abend auf einer menschenleeren Gasse eine Hausmauer entlangeilt. Unten im Tal pfeift der Zug, der nach Arezzo fährt. Der Pfiff wird leiser, sanfter, fast wie ein moduliertes Wort, das sagen will: Adieu, adieu, adieu. Einen Augenblick lang verläßt mich meine Seele und folgt dem bereits entschwundenen Wort, gleitet hinunter nach Girone, wo der Arno unter den Hügeln von Villamagna und des Incontro eine Biegung macht, wo das Wasser in der Nähe der Gualchiere so grün, still und einsam ist. Mein Freund hält ein grünes Seidentaschentuch in der Hand; damit wischt er sich den Mund ab, darin verbirgt er seine Krankheit. Ich nehme seinen Arm; und wir gehen über den Kies zum Haus; es ist jedoch, als hätten wir beide unsere Farbe verloren und wären in einen grauen Korridor getreten. Der Schrei der Frau ist nicht mehr zu hören, das Pfeifen des Zuges ist nicht mehr zu hören. Da unten, zwischen Girone und Quintole, liegt die Anchetta-Fähre; und ich erinnere mich, daß ich eines Morgens den Fluß überquert habe, und daß ich an der Straße nach Rignalla gelandet bin, wo ich von einer Weißdornhecke einen Zweig abbrach.

Die Seele scheint auf der Flucht zu sein, beinahe verwirrt und zerstreut, und von dem Bedürfnis beherrscht, woanders zu sein. Sie kehrt zurück, berührt den kranken Freund, umhüllt ihn, umarmt ihn; dann trennt sie sich aufs neue von mir, zersplittert und zerstreut sich wie die Flamme, die auf der Oberfläche des Holzes umherirrt, bevor sie es verzehrt. Und eine Stimme flüstert ihr, nicht ohne Heimtücke, zu: »Schau hin, Künstler, Künstler, nimm, beiß hinein ins Leben. Das ist die Krankheit, das ist das Unglück, das ist der Verfall von jeglichem Glück. Wende den Blick nicht ab von deinem Freund, der sich mühsam dahinschleppt. Sieh ihn doch an, ertrag ihn ganz. In seiner kavernösen Brust trägt er einen Spiegel, damit du dich sehen kannst.« Und vielleicht ist es nicht Abscheu, vielleicht ist es nicht Feigheit: Vielleicht ist es nur jene scheinbare Zerstreuung des aufmerksam gewordenen Geistes, der auf den geeigneten Ort wartet, um sich zu sammeln und zu konzentrieren.
Tatsächlich scheint sich mein Haus zu verändern, während wir näherkommen. Mir ist, als wäre alle meine Wärme daraus gewichen, als sei es bereit, etwas Ungewöhnliches aufzunehmen, das gleichzeitig ein Traum ist und eine Notwendigkeit.
Ich glaube, ich habe mehr als einmal mit kalten Lippen wiederholt: »Nach zwanzig Jahren! Nach zwanzig Jahren!« Und diese drei Worte verwandeln uns beide in einen riesigen und wirren Haufen, in den Haufen der vergangenen Zeit, der nicht tot und auch nicht lebendig ist, sondern jenen unmäßig großen Entrümpelungskarren ähnelt, auf die man allerlei von den Menschen bereits etwas abgenützten und beschmutzten Hausrat häuft, der nicht mehr zum alten Haus gehört und noch kein Teil des neuen Hauses ist, und der sich etwas schämt, wenn sich auf der Straße die Passanten nach ihm umdrehen; und hinter dem Karren laufen die unberührten Knaben.
Hinter der großen Masse, aus der wir bestehen, scheinen nun zwei Jünglinge Arm in Arm zu gehen, wie die beiden, die eines Tages an den braunen Wassergräben in der Umgebung von

Prato entlanggingen. »Nach zwanzig Jahren!« Da ist der Graben mit dem schiefergrauen Wasser darin, das wie Lauge durch Asche geflossen zu sein scheint; und zwischen dem Graben und der spärlichen Hecke verläuft der Weg; und hin und wieder verbreitet sich in der Luft der moschusartige Geruch eines Insekts mit riesigen Fühlern, das wir Moschusbock nennen.
»Komm, Dario, komm.« Auf der Schwelle ergreift eine mächtige Angst von mir Besitz, als würde sich eine Veränderung ankündigen. Und insgeheim sage ich atemlos zu mir: »Bist du es, bist du es wirklich?«
Ein Zipfel seines Mantels verfängt sich in einem Ornament des schmiedeeisernen Gitters. Er bückt sich, um sich zu befreien: Sein Kopf ist unbedeckt. Mit einer Rührung, die mir durch und durch geht, sehe ich unter seinen feinen spärlichen Haaren das Ohr, das wie früher vom Frost gerötet und geschwollen ist.
»Komm, komm.« Ich nehme ihn an der Hand und ziehe ihn ins Zimmer, das ganz im Inneren des Hauses liegt, ins Zimmer der Musik. Ich spüre, daß seine schwitzende Hand in der meinen bebt. Beim Anblick all der Dinge, die ich hier angesammelt habe, der Holzschnitte, Bücher, Bilder, Majoliken, Stoffe, empfinde ich plötzlich Reue und Scham. Am liebsten wäre mir, meine Wände würden mit einem Schlag weiß und kahl werden wie die Wände des Refektoriums, wo wir aßen, des Schlafsaals, wo wir ruhten, des Klassenzimmers, in dem wir studierten.
»Setz dich.« Ich lasse ihn zwischen den allzu zahlreichen Kissen auf einem Diwan Platz nehmen; selber nehme ich auf einem Schemel ihm gegenüber Platz. Wir sitzen am Fenster. Etwas Sonne fällt auf seine Knie. Und wir sehen uns an.
Ach, woher kommt dieses zarte Lächeln? Nicht einmal meine Mutter in ihrem Schmerz hatte mir, an einem unvergeßlichen Tag, ein herzzerreißenderes Lächeln geschenkt.
Sein Gesicht ist unverändert, die Verzweiflung hat es jedoch in ein durchscheinenderes Material gemeißelt. Noch immer scheinen die Adern ganz dicht an der Oberfläche der Haut zu liegen, aber jetzt erinnere ich mich daran, daß ich im Kranken-

haus einmal bei einem chirurgischen Eingriff an dem ausgezehrten Körper eines lungenkranken Kavalleristen zusah, dessen Adern abgebunden wurden. Ich könnte sie einzeln durchtrennen und zählen. Die Augen sind wie jene Bonapartes noch immer wimpernlos, sie scheinen jedoch erfüllt von einer ständigen Unruhe und einer unbestimmten, stetigen Angst. Seine Schläfen sind bartlos; seine Stirn ist zwar nicht gefurcht, doch zerknittert wie etwas Zartes, das von einer rohen Hand betastet und verächtlich weggeworfen worden ist.
»Freund, mein Freund, wer hat dir so weh getan?« Er legt die bloßen Hände auf die Knie, und die Sonne scheint darauf. Das letzte Glied seiner Finger ist eigenartig verunstaltet, rund um den Nagel, der sich an der Wurzel nach außen wölbt.
Er fragt mich: »Erkennst du mich nicht?« Ich versuche, mir nicht anmerken zu lassen, daß ich beim unerwarteten Klang seiner Stimme im geschlossenen Zimmer zusammenzucke. Sie ist derart klangvoll, als hätte er mir laut ins Ohr gesprochen.
»Ach, du hast dich nicht verändert, fast nicht. Sieh mich an.« Und am liebsten würde ich die Verletzungen aufzählen, die mir die Zeit zugefügt hat, sie übertreiben, mich ihm als müden und erschöpften Mann darstellen, dem eine Gefahr droht, selbst im Elend und im Leiden wieder sein Kamerad werden. »Schau mich an: Ich habe keine Haare mehr, die Zähne fallen mir aus, mit jedem Tag sehe ich schlechter; ich leide unter Schlaflosigkeit und Halluzinationen. Der ganze Reichtum hier täuscht. Ich stecke bis zum Hals in Schulden. Früher oder später nimmt man mir alles weg, bis auf ein paar Dutzend Bücher und einen Tisch aus Tannenholz.«
Er sieht mich so tieftraurig an, daß mir seine Melancholie als einzig bewunderungswürdiges Wesen weit und breit erscheint, das alles rund um sich zu eitlen Schatten verblassen läßt. Dann versucht er wieder zu lächeln. »Wie schön du doch warst! Vielleicht hattest du noch größere Augen. Ich erinnere mich. Und du hattest so dunkles Haar, daß ich nie und nimmer erwartet hätte, dich mit einem blonden Bart wiederzusehen.«

Nie habe ich einen derartigen Abscheu vor meinem Körper empfunden, nie habe ich es so sehr bedauert, ihn nicht abstreifen zu können wie einen alten Anzug. Auf diesen Füßen, auf diesen Beinen ruht mein Leben, dieser Brustkorb umschließt es, dieser Schädel bedeckt es! Und diese arme brüderliche Seele wohnt in den schrecklichen Kavernen ihrer Lunge; verhaucht sich im Auswurf, den das Taschentuch aufnimmt und bewahrt!

»Glaubst du etwa, ich hätte deinen Talisman verloren?« fragt mich der Verdammte, während er die Hand in seine Westentasche steckt. »Aber leider, er hat mir kein Glück gebracht. Er hätte mir ein Sonnenstrahl von Austerlitz sein sollen, erinnerst du dich?; statt dessen ist er mir zum Viatikum für den Invalidendom geworden.«

Er zieht eine gelbe Zwanzig-Lire-Münze des Königreichs Italien aus der Tasche, die 1814 geprägt worden ist, mit dem bartlosen Antlitz Napoleons, des Königs und Kaisers. Ich nehme sie zwischen die Finger wie eine heilige Reliquie. Mein Vater hatte sie mir geschenkt, zu Ferienende, an einem Novembertag in Florenz: An demselben Tag hatte ich von einem kleinen Buchhändler am Ufer des Arno die acht in rotes Leder gebundenen Bände der *Memorie del duca di Rovigo* (Die Memoiren des Herzogs von Rovigo) gekauft, und das *Manoscritto venuto di Sant' Elena in una maniera sconosciuta* (Das Manuskript, das auf geheimnisvolle Weise von St. Helena ans Festland gelangte), das 1817 in London von John Murray gedruckt worden war, mit Seiten voller bräunlicher Flecke, an deren schimmeligem Geruch mein Freund und ich uns berauschten, ohne die Fälschung zu erkennen; und bereits bei der Einleitung, in der die Kindheit des Helden ohne jegliche Besonderheit und er selbst als eigensinniger, neugieriger und schweigsamer Junge dargestellt wurde, wie auch wir es waren, fühlten wir uns zu den kühnsten Hoffnungen berechtigt.

»Erinnerst du dich? Erinnerst du dich?« Immer wieder fällt dieselbe Frage, wie der Hieb einer Totengräberhacke.

Vor uns erstehen Skelette und Gespenster. Die Knochen sind wieder von Fleisch bedeckt, in den Augenhöhlen liegen wieder die Augen, die Zähne stecken wieder in den Kiefern, wie bei einer Auferstehung. Ich sehe die Goldmünze in der weißen, weichen Hand meines Vaters.

Und jetzt steht auch mein Vater vor mir, kräftig und blutvoll, etwas außer Atem und mit seinem ein wenig finsteren Blick, der hin und wieder seltsam zu leuchten beginnt, als würde Phosphor darin glühen. Ich sehe den kräftigen Nacken meines Vaters, der fast den Hemdkragen sprengt, und den kleinen ziselierten Hund mit Augen aus Rubin auf seiner Krawatte, und das Jaspis-Siegel, das an seiner Uhrkette hängt. Er ist mir nah und fern, aus demselben Stoff wie ich und dennoch fremd. Ich habe lange Zeit fern von ihm leben können, manchmal habe ich ihn als Feind sehen, manchmal sogar vergessen können: Jetzt ergreift mich plötzlich eine stürmische Liebe und eine schreckliche Trauer darüber, daß ich nicht rechtzeitig gekommen bin, mir sein Gesicht auf der Totenbahre einzuprägen.

»Erinnerst du dich an den Tag, an dem mein Vater ins Internat kam und beim Direktor Urlaub für uns beide erbat, und als er eines Donnerstagabends mit uns beiden ausging?« frage ich aufgewühlt, mit der abgenutzten Münze in der Hand.

Es war zur Zeit des Karnevals. Es war einer jener Tage, an denen Prato von einem heftigen Wind heimgesucht wird, an denen die Stadt zur Vesperstunde von einem unaufhörlichen Geknalle und einem pulsierenden Schatten erfüllt ist, als würden sämtliche Stoffe seiner Webereien am Himmel über den tristen Straßen wehen und flattern. Plötzlich verstummte und verebbte das Gekreische, wie der Wasserstrahl aus dem Mund des kleinen Bacchus. Als wir am Springbrunnen vorbeigingen, wehte es uns den kalten Sprühregen ins Gesicht. Lachend liefen wir davon. Doch ein erneuter Windstoß trug uns den Sprühregen nach und netzte uns den Nacken. Wir liefen weiter, und unter dem Palazzo del Comune fanden wir uns inmitten einer

Schar ausgelassener Masken wieder, die uns umkreisten und mit sich fortzogen.

Ein außergewöhnliches Gefühl von Freiheit und von Abenteuer erfüllte unser Herz, auf dem Verbot und Gefangenschaft lasteten. Und fast wären wir der verrückten Versuchung erlegen, uns ganz den Unbekannten auszuliefern, die für uns die Augen von Dämonen hatten. Wir hörten die Stimme meines Vaters, der mich rief, wie in einem Sturm. Und alles auf dieser langen Straße war unbekannt und fragwürdig, klangvoll und leer, war neu und unverständlich, inmitten des verzweifelten Gebrülls des Himmels und des Atems aus jenen Mäulern, die unter ihren fratzenartigen Pappmasken mit den langen Nasen und den vielen Warzen fast tierisch wirkten.

»Lauft weg, lauft weg. Kommt mit!« flüsterten uns die hüpfenden Masken zu und schoben uns voran. Das Leben, das über uns war und das uns durchdrang, war irgend etwas Dichtes und Unbewegliches, das vom Wind gebeutelt und zerfetzt wurde. Und die Begierde tief in unserer Brust war wie ein hungriger junger Löwe, der versucht, die Stäbe des Käfigs zu sprengen. Und irgendein Geheimnis, dessen Existenz wir ahnten, schnürte uns um die Mitte ein, fester als unsere Gürtel, wirklicher als unsere Kleider und unsere Haut. Und wir standen da, und ich war da und auch woanders; denn dieser Aufruhr fand hier auf dem Pflaster und in der ganzen Welt statt, und mein Name, den mein Vater rief, kam aus dem Herdfeuer meines Heimathauses und vom fernsten Gipfel meiner heimatlichen Berge, aber auch aus meinem innigsten Wunsch zu leben und zu siegen. Ach, die ersten Regungen jener poetischen Kraft, die seit der abgeschlossenen Kindheit wie das Herz meines Herzens war!

Als mein Vater uns nachgekommen war, befreiten wir uns aus dem Kreis der Unbekannten und drängten uns an ihn, der ein wenig außer Atem war; und während die Masken kreischend davonschwärmten, erzählte ich ihm die phantastische Geschichte unseres Abenteuers. Und Dario bestätigte nicht nur

meine phantastischen Erfindungen, sondern schmückte sie noch zusätzlich aus, als wären wir beide gerade von einer wundersamen Reise zurückgekehrt.
An der Ecke zum Domplatz war der Wind plötzlich so heftig, daß er sogar meine Geschichten und sämtliche Wunder in die Flucht schlug. Wir stiegen zum alten Contrucci-Hotel empor und stellten uns an ein Fenster, um den Faschingsdonnerstag-Umzug zu beobachten.
Auf dem windgepeitschten Platz war die Luft so glasklar, daß wir den Eindruck hatten, wir könnten einen der Engel von der Kanzel an der Hand nehmen und mit ihm die ganze Schar der im Kreis tanzenden Putten entführen. Wir lehnten nebeneinander am Fensterbrett, Schulter an Schulter; und mein Vater stand hinter uns und brachte uns einander noch näher, indem er liebevoll eine Hand auf meiner rechten Schulter ruhen ließ und die andere auf der linken meines Kameraden, als würde er ihn damit als Sohn annehmen und ihn zu meinem leiblichen Bruder machen.
Niemand kam vorbei. Die Piazza war inzwischen so menschenleer wie der Gipfel der Calvana. Auch die Via Magnolfi unter uns war wie ausgestorben, und auf dem hohen Gleis stand ein schwarzer Zug. Es war, als ob das städtische Leben mit einmal angehalten worden wäre und einzig und allein der Wind heulte, wie auf dem kargen Monteferrato zwischen den Serpentin-Felsen. Von diesem Fenster aus bot der Dom einen ungewöhnlichen Anblick, der uns in Erstaunen versetzte. Er war so nahe, daß wir glaubten, wir könnten ihn mit der Stirn berühren wie eine Glaswand; oder wir glaubten, ihn besteigen zu können, indem wir von einem Streifen zum anderen kletterten, von einem grünen zu einem weißen, von einem weißen zu einem grünen, und so fort, bis zur Spitze, wo die Glocke unter einem Eisenkreuz hing. Als wir die Streifen mit den Augen wieder herunterkletterten, staunten wir jedoch noch mehr, als würden wir die Kanzel zum ersten Mal sehen; da hing sie, voller Schweigen, fast wie ein Nest, das von den Nachtigallen ver-

lassen worden ist, in Höhe unserer Augen. Sie hing da wie ein Gefäß für Liebe und Musik, gewiß; wir spürten jedoch, daß sie auch ein Gefäß für einen Geschmack hätte sein können, an das man die Lippen legt wie an den Rand eines Topfes voll dickflüssigem Honig.

Der Wind hatte sich von der Piazza zur Porta Mercatale zurückgezogen, um über die Bisenzio-Brücke zu wehen. Einer von uns beiden flüsterte: »Durch eines der beiden Portale tritt der Bischof, um dem Volk den Gürtel Marias zu zeigen.« Beide Türen waren zwischen den steinernen Türpfosten eingeschlossen, und in der Mitte stand die stämmige Säule, auf der das Runddach ruhte. Wie ich sie so unentwegt betrachtete, erwachte in mir ein Gefühl der Erwartung und eine eigenartige Ratlosigkeit, als müßte ich von den beiden meine Tür wählen und die andere meinem Freund überlassen und als müßte uns beiden irgend etwas erscheinen. Und auch die paarweisen Säulchen zwischen den einzelnen Tafeln standen so unsagbar anmutig nebeneinander, und wir dachten, sie seien uns ähnlich, weil auch sie sich nie trennen würden. Und ich glaube, daß unsere Brust, wie wir so nebeneinander am Fensterbrett lehnten, von derselben Angst geweitet wurde.

Und einer von uns beiden sagte mit dem Ton der Aufrichtigkeit, die der kindlichen Phantasie eigen ist, die ihre Kräfte aus dem Nichts schöpft: »Da, schau, die Tür geht auf, der Gürtel wird gezeigt.« Und der andere fragte sofort: »Welche Tür? Welche?« Und der erste antwortete sofort, ohne jedoch hinzuzeigen: »Die da.« Und es blieb unklar, welche er meinte; denn die beiden, die sich dicht aneinanderdrängten, hatten in ihrem Herzen und in ihrer Hoffnung aus den beiden Türen eine einzige gemacht.

Als ich einen undeutlichen Schein auf dem bleigrauen Baldachin der Kanzel bemerkte, hob ich den Blick und entdeckte im großen Perlglanz des Himmels das erste Viertel des Mondes – ein Goldfaden, der so kostbar war wie die Reliquie aus Palästina. Und das andere Augenpaar hob den Blick und sah. Und

wir lächelten einander zu, indem wir uns aus den Augenwinkeln heraus einen ganz flüchtigen Blick zuwarfen. Und mein Vater konnte dieses Lächeln nicht sehen; ich spürte jedoch, wie seine schwere Hand warm und lebendig auf der Schulter meines Bruders wie auf der meinen lag.
Nie habe ich diesen Augenblick unserer Freundschaft vergessen; der jetzt, in der Erinnerung, vor unbeschreiblicher Schönheit strahlt.

»Erinnerst du dich? Erinnerst du dich?« Eine Träne verschleiert Darios Blick, die sofort hervorquillt, da die wimpernlosen Lider sie nicht aufhalten können. Und meine Rührung reicht bis in barbarische Tiefen, wo ein Wesen aufzubegehren scheint, das mich sprengen muß wie eine einengende Fessel, mich abwerfen muß wie eine behindernde Last, um selbst leben zu können. Was mag das für ein Wesen sein? Eines, das erwacht? Das zurückkehrt? Das gerade geboren wird? Allein die Vergangenheit und die Zukunft existieren; und die Gegenwart ist nichts weiter als die Hefe, die diese zur Gärung bringt. Und das Wesen weint wie ein Mensch, und in diesem Weinen löst sich ein Schmerz, der größer ist als der, den der Weinende hineingelegt hat. Und diese nackten Augen, die nicht wie bei anderen Menschen von Wimpern weich umrahmt werden, erfüllen mein Haus mit dem Bewußtsein einer menschlichen Anwesenheit, das strenger ist als die ewigen Bücher.
Jetzt sind diese Lider wie der Rand eines Geheimnisses, das ich erforschen muß. Ich kann nicht in dieses Auge blicken, ohne daß mir das Herz schwer wird, so sehr ähnelt es der empfindlichsten Stelle einer Wunde, wo das Ende eines lebendigen Nervs freiliegt. Ich spüre, daß sich unter der Traurigkeit des Kranken eine Angst verbirgt, die nichts mit dem Körper zu tun hat, die darauf brennt, sich mitzuteilen, und die zurückschreckt vor den alltäglichen Worten. Ich spüre, wie sie sich immer wieder zu mir neigt und mich fast überwältigt. Ihr stellt sich das kräftige, von der Erinnerung heraufbeschworene Le-

ben entgegen und weist sie zurück. Zuerst müssen wir dieses Leben noch einmal leben, zuerst müssen wir diesen Gesang noch einmal hören, wie aus Seenot gerettete Schiffbrüchige, die auf einer Sandbank sitzen und der Stimme einer unsichtbaren Sirene lauschen, bevor die Flut sie wieder packt und wegspült. »Ich erinnere mich an die Zukunft.« Wer hat das wohl gesagt? Vielleicht der Schiffbrüchige mit den Lippen an den langen Lippen der Welle, oder vielleicht ich selbst, als ich mir abhanden gekommen bin.

In meinem Fleisch wächst so viel Seele, daß mir ist, als hätte ich kein Fleisch mehr. Die Kraft, die ich im Zaum hielt, hält jetzt mich im Zaum. Ich spüre, daß meine Hände sich instinktiv an die Schläfen legen und sie zusammenpressen möchten, als ob die Aufmerksamkeit Gedanken festhalten wollte, die sich zu zerstreuen drohen. Warum verändert alles seine Gestalt? Die Sonnenstrahlen liegen nicht mehr auf dem Knie meines Freundes, sondern ziehen sich zurück, wandern Stück für Stück die Beine hinunter und werden in Kürze meine Füße berühren. Das Feuer im Kamin ist ein letztes Mal emporgelodert, und die Aschenflocken legen sich dunkel über die Glut. Obwohl die Luft im Zimmer ganz still steht, hebt sich plötzlich bebend eine Seite des Buches, das geöffnet auf dem Pult liegt. Die Goldmünze entgleitet meinen Fingern und fällt zu Boden. Mein Vater sitzt auf dem Stuhl aus Leder, der Kopf ist ihm auf die Brust gesunken, er ist drauf und dran, einzuschlafen.

»Weißt du noch? Ich habe das Buch noch immer, ich habe es hier. Willst du es sehen?« Ich stehe auf, um das Zimmer zu verlassen.

Eine plötzliche Heiterkeit begleitet mich bei den ersten Schritten. Der lange Chorsaal ist weniger warm, er liegt nach Norden und ist schon von Schatten erfüllt. Ich halte inne, um in mir das Gefühl für mein einsames Haus wiederzufinden, wo bis gestern nur die ewigen Bücher gelebt haben, wo der Geist der alten, hier versammelten Dinge sich mit der Essenz der Seiten mischte, über denen ich sinnierte. Ich höre mein Herz klopfen,

ich höre die dumpfen Schläge meiner Angst und meines Unbehagens.
Dario hat wieder zu husten begonnen, zuerst gedämpft, dann immer heftiger, als hätte ihn meine vorübergehende Abwesenheit von einem Zwang befreit. Immer wenn das Taschentuch den üppigen Husten erstickt, stockt mir der Atem. Ich entferne mich, ich überschreite eine Schwelle, ich überschreite eine weitere Schwelle, ich betrete die Bibliothek. Der Husten ist nun unter mir, schwächer und seltener. Aber die Anwesenheit des kranken, unglücklichen Manns ist überall; erfüllt das ganze Haus; es kann nur mehr durch ihn leben, es kann nur mehr durch seine zerstörte Lunge atmen.
Ich knie mich zu Füßen des Regals nieder, in dem ich die Bücher aufbewahre, die mir mein Vater in verschiedenen Abschnitten meines Lebens geschenkt hat; ich senke den Kopf und schärfe den Blick, um dasjenige zu finden. Die weiße schwere Hand scheint mir beim Suchen helfen zu wollen, ein schwerer Atem gesellt sich zu meinem Hauch.
Und da sind auch die Bücher, in den untersten Fächern, seit einiger Zeit vergessen, staubbedeckt. Um sie herum ist etwas Düsteres und Trauriges. »Auch dich habe ich vergessen? Tag um Tag habe ich ohne dich leben können? Monate um Monate, vielleicht sogar Jahre! Über deinem Grab ist Gras gewachsen, dort oben auf dem Hügel, von dem aus man das Meer sieht und zu dem ich nicht mehr zurückgekehrt bin. Ich wollte, daß auf deinem Grab nur ein unbehauener Stein mit deinem Namen steht, damit ich eines Tages kommen könnte, um ein größeres Mal zu setzen. Aber ich bin nicht gekommen. Ich habe mein Gelübde nicht erfüllt. Und das Gras nährt sich vom Vergessen.«
Mein Gefühl schafft sich seine eigene Wirklichkeit. Ich liege bäuchlings auf einem verwahrlosten Grab, die heilige Erde unter den Knien, Grashalme zwischen den Fingern. Und noch immer ergreift mich ein geheimnisvoller körperlicher Abscheu, der nicht einmal in den Momenten größter Zärtlichkeit und

überschäumendster Dankbarkeit von mir gewichen ist. Und ich erinnere mich an einen Brief meiner Schwester, in dem sie mir mitteilte, sie hätte einmal, an einem Juniabend, gesehen, wie es auf diesem Stück Erde von Glühwürmchen wimmelte.
Da ist das alte Buch! Es ist voller Staub. Ich schüttle es, ich klopfe es mit der Handfläche ab. Staub steigt mir in die Nase. Ich darf nicht länger hierbleiben. Ich kann geradezu hören, wie die Zeit mir auf den Fersen ist und das Leben wegfegt, wie ein eifriger Diener, der hinter mir mit einem Besen den Teppich abkehrt. Ich laufe zu meinem Freund zurück, inzwischen kann auch ich es kaum mehr erwarten, den Klang meiner Stimme wiederzuhören, direkt aus dem Herzen, das mir im Halse pocht.
»Erinnerst du dich? Erinnerst du dich?« Wie damals nähert sich meine Wange seiner Wange, mein rechter Arm umfängt seine Schulter, meine linke Hand ruht auf der aufgeschlagenen Seite, und seine Finger halten den Rand der gegenüberliegenden Seite, um rechtzeitig umblättern zu können. Nach zwanzig Jahren! In der brüderlichen Brust höre ich ein schreckliches feuchtes Rascheln, eine Art schleimiges Rasseln, den geheimen Lärm des Todes. »Ich erinnere mich.«

Wir standen noch immer am Fenster gegenüber der Kanzel; und der Wind kehrte von der Porta Mercatale zurück und brachte eine Schar Masken und eine Woge blauer Nachtluft mit sich. Rasch senkte sich der Abend auf das Getümmel des zerlumpten Narrenpacks herab. Als ein Hausangestellter hinter uns die Tür öffnete, fuhr ein Luftzug durchs Zimmer. Wir schrien, während sich die Vorhänge im Wind bauschten. Mit Mühe schlossen wir die Fenster, schlossen wir die Fensterläden. Mit einem Mal war es dunkel im Zimmer, das nur noch von dem zuckenden Feuer im Kamin erhellt wurde. Doch sofort darauf hatten wir die Lampe wieder angezündet, und ihr kreisförmiger Schein lag auf dem runden Tisch. Alles beruhigte sich. Die Holzscheite knisterten und prasselten, bis sie schließ-

lich verstummten. Ein träger Friede breitete sich rund um den grünen Lampenschirm aus. Wir hatten keinen anderen Wunsch mehr als nebeneinander zu sitzen. »Was möchtet ihr heute abend tun?« fragte mein Vater, der sehr sanft sein konnte. Ich antwortete ihm: »Gib mir das Buch!«
Er lächelte über unsere strahlenden Augen, während er den Koffer absichtlich langsam öffnete. Ungeduldig steckte ich die Hand in den Spalt und begann zu wühlen; und ich ertastete nicht nur ein Buch, sondern fünf, sechs, sieben, vielleicht sogar noch mehr Bücher! Ich bebte vor Begierde, und meine Glieder zappelten vor Freude; während ich auf dem Gesicht meines Freundes den gleichen Glanz wie auf dem meinen sah. »Gib mir auch die anderen! Gib mir auch die anderen!« Mein Vater reichte mir das schwerste. Ich drückte es Dario in die Arme und fuhr fort, zu bitten und zu betteln, und dabei versuchte ich, die Hand wieder in den wundersamen Koffer zu zwängen. Meine flinken Finger liefen wie über eine Tastatur. »Es sind acht?« schrie ich. »Dario, es sind acht!« Mein Vater lachte. Mein Kamerad war blaß geworden, während er das Buch an die Brust drückte. Sein kräftiges Kinn bebte, und er brachte kaum ein Wort über die Lippen. Aber seine Augen sagten, daß er es wußte, daß er es erraten hatte. Die Luft im Zimmer war jetzt noch turbulenter als zuvor, als der plötzliche Windstoß die Vorhänge gebauscht und die Lampe gelöscht hatte. »Das *Mémorial*«, stotterte er und wurde noch bleicher, als hätte er gesehen, wie die Tür aufging und in der Öffnung der graue Mantel des Kaisers erschien.
Höchste Heldenverehrung im Herzen eines Knaben! Rastlos reines Streben nach unerreichbarem Ruhm! Zum ersten Mal an diesem Abend wurde mir wahrhaftig klar, wie sehr ein menschliches Wesen glühen kann.
Wir erhielten nicht sofort alle acht Bände. Die Freude wurde uns nur stückweise gewährt, damit sie uns nicht überwältigte. Wir wogen, betasteten, prüften den einen, den dicksten Band. Der Rücken und die Kanten waren mit rotem Maroquinleder

überzogen, der Schnitt war vergoldet, und Vorder- und Rückseite waren marmoriert. Ich weiß nicht, warum es uns so schwer in der Hand lag wie ein Bronzemeißel, wie eine Diskusscheibe, die man möglichst weit schleudern mußte. Als wir das Buch aufschlugen, berauschten wir uns gemeinsam an der Unendlichkeit der kurzen Seite. Eine Gruppe riesenhafter Veteranen trug, wie Karyatiden mit dem Rücken zueinander, das Reiterstandbild des lorbeerbekränzten Kaisers, das höher war als das höchste Gebirge, und die kleine Welt schien von dem großen Schatten behütet zu werden.
Wer kann uns die Kraft des Traumes und des Wunders wiedergeben, die einem derart schwachen Bild soviel Leben einhauchte? Allein das schicksalhafte Emblem auf dem Titelblatt, der Anfangsbuchstabe Seines Namens, über dem das Symbol der Ewigkeit prangte, versetzte uns lange in schweigendes Staunen, während ein dunkles Meer in uns beiden gleichermaßen wogte. Das Brausen des Windes erschien uns wie die Stimme dieses Meeres; und das Gekreische der Masken, die Karnevalslieder, das Gejohle des Pöbels, das wir in der Ferne hörten, erschien uns wie der Tumult in einer eroberten Stadt, in einem überrumpelten Feldlager oder in einem verfolgten Heer.
Es war ein allenfalls mittelmäßiges Buch, sowohl was den Text, als auch was die Illustrationen betraf; wir machten daraus jedoch ein von Gott und den Elementen bevölkertes Epos, so wie sich jedes Wort der einfachen Märchenerzahlerin in den aufgerissenen Augen der lauschenden Knaben in einen unbeschreiblichen Schatz verwandelt.
Es war die *Geschichte Napoleons* von P. M. Laurent de l'Ardèche, gedruckt 1839 in Turin von Alessandro Fontana, die von Horace Vernet illustriert und von Antonio Lissoni, einem ehemaligen Offizier der Kavallerie, der auch »die militärischen Unternehmungen der italienischen Truppen« hinzugefügt hatte, ins Italienische übertragen worden war. An diesem Abend schenkten wir der Prosa des Richters und Bibliothekars

und ehemaligen Saint-Simonisten nur einen flüchtigen Blick; unsere ganze Aufmerksamkeit galt vielmehr den fünfhundert Illustrationen des Malers, der Werke wie *Die Brücke von Arcole* und *Wagram* geschaffen hatte, anhand deren wir alle Heldentaten rekonstruierten; in unserer Phantasie verweilten wir auf den Dämmen der Etsch, in den Sumpfgebieten der Ebene um Verona, zwischen den Schilfrohren, die vom Blei der Österreicher geknickt worden waren und wo uns der junge Held mit den hohlen Wangen und den glatten Haaren so flink und geschmeidig erschien wie ein Leopard.

»Schau Vater. Sieht Dario nicht dem General des Italienfeldzugs ähnlich?« Ich hatte plötzlich das knochige Gesicht meines widerstrebenden Freundes in die Hände genommen; und hielt es wie mit einer Zange fest, wobei ich unter seinen zarten Muskeln die harten Schädelknochen spürte. Ich hielt sein Gesicht fest, im Schein der Lampe, vor die aufgeschlagene Seite, auf der der Sieger von Lodi zu sehen war, wie er fahnenschwingend am Ende der mit Leichen übersäten Brücke stand, und er schien die Viktoria an den Haaren gepackt zu haben und sie mit Ungestüm hinter sich herzuschleifen. »Es stimmt. Er sieht ihm ähnlich.«

Wie soll ich je die Röte vergessen, die sein Gesicht bis zu den Haarwurzeln überzog und sogar das Weiß seiner Augen zu entflammen schien?

Inzwischen hatte ich sein Gesicht losgelassen; und jetzt sah ich ihn eindringlich an, schweigend und ohne zu lächeln, von einer plötzlichen Melancholie ergriffen, wie sie mich damals hin und wieder mitten im ausgelassensten Spiel überkam und in mir von einem Moment zum andern den Wunsch weckte, mich zu Boden fallen zu lassen und zu sterben. Am Grunde meines freundschaftlichen Gefühls entstand etwas Wildes und Undeutliches, als wäre es nichts anderes als die Larve der noch unbekannten Liebe. Ich erinnere mich, wie ich zu ihm sagte, wobei ich eine jener unbedachten Bewegungen machte, die mich oft selbst überraschten und beunruhigten oder mich über

meine Überspanntheit lächeln ließen: »Auch wenn du Bonaparte ähnlich siehst, würdest du für mich sterben wie Muiron auf der Brücke von Arcole?« Und er antwortete, ohne zu zögern: »Gewiß.« Und dabei sah er meinen Vater an. Aus irgendeinem Grund wußte ich schon damals, daß das Schicksal mich zum Stärkeren bestimmt hatte und daß ich von meinen Nächsten blinde Verehrung und völlige Hingabe verlangen mußte.
Dies wußte auch mein Vater. Er lobte mich nicht und ermutigte mich nicht, er gab mir weder eine Richtung vor, noch verlangte er eine Anstrengung von mir; aber selbst als ich noch ganz klein war, glaubte er so fest an mich, daß ich bis zum Tag seines Todes nicht aufhörte, in ihm meine Wurzeln lebendig zu spüren.
Obwohl er ein tyrannischer Geist war wie kaum ein anderer, hatte er schon vor geraumer Zeit auf seine Autorität mir gegenüber verzichtet; er beschränkte sich darauf, aufmerksam meine Neigungen zu überwachen und den Schatten meiner Träume zu beobachten. Mehr als einmal hatte ich gesehen, wie er sich zurückhielt, um mich nicht zu verärgern; mehr als einmal hatte ich gehört, wie in seinem massigen Körper das Blut in Wallung geriet und er sich beherrschte. Er beobachtete mich mit einer schwerfälligen und unermüdlichen Aufmerksamkeit, um mich zu verstehen. Wenn ich meiner Liebe das rührendste Bild vorführen möchte, das ich von ihm besitze, dann erinnere ich mich an seinen ernsten und konzentrierten Gesichtsausdruck, wenn er mir zuhörte. Nie ging er leichtfertig mit mir um; noch lachte er über mich, nicht einmal angesichts meiner Eigenheiten, meiner Überspanntheit oder Affektierheit. Er war voller Respekt und Vertrauen, mit einer Erwartung, die nicht enttäuscht werden konnte. Und obwohl ich mich so sehr von ihm unterschied, was meine Bildung und meine Veranlagung betraf, spürte ich, daß irgend etwas tief in mir mit der in seinen schrecklichen Körper eingeschlossenen Finsternis in Verbindung stand und sich davon nährte.
Da saß er vor mir, ruhig und schweigsam, und sah mir unersätt-

lich zu, wie ich lebte. Nicht seine eigenen Gedanken verfolgte er in sich, sondern die meinen. In mir liebte er auch meinen Kameraden und schenkte auch ihm sein Vertrauen. Gemeinsam mit uns atmete er die Luft der heroischen Leidenschaft. Er besaß ein derart natürliches Gefühl für Poesie, daß er sich nach Jahren noch an ein Wort erinnerte, das ich an diesem Abend hatte fallen lassen und dem er in der Erinnerung eine geheimnisvolle Bedeutung verlieh, die mir damals in meiner Ahnungslosigkeit vielleicht gar nicht bewußt war. »Wogegen bäumt sich das Pferd auf?« Gewiß berührte ihn mehr der Ton meiner Stimme, als daß ihn das Wort ergriffen hätte, denn dort, wo seine beiden kräftigen Kiefer zusammenliefen, saß, unendlich zart modelliert, das Ohr eines Musikers.

Dario blätterte um. Bonaparte, schlank wie eine ägyptische Palme, beobachtete von der Anhöhe aus die Flotte vor Alexandria. Und da zeigte er seinen Soldaten die Spitze der Pyramiden, indem er sich auf seinem weißen Pferd mit dem Antilopenauge aufrichtete. Und da hatte er sich auf dem Rückweg von den Brunnen Moses' verirrt und wurde am uralten Gestade von der Nacht und der Flut überrascht.

»Am Himmel von Arabien stand der junge Mond, wie heute abend über dem Dom«, sagte Dario und beugte sich unersättlich über die Vignette, auf der er die Fluten glänzen, den Goldfalken die Wolken durchschneiden, den Hengst des schicksalhaften Mannes in der Gischt stampfen und den Schatten des lange vergessenen Pharaos zwischen den Felsen auferstehen sah.

Ich stand auf, ging zum Fenster, öffnete die Läden und blickte durch die Scheiben. Die Mondsichel war untergegangen. Auf den marmornen Spitzen schienen sich die Sterne im Wind zu verzehren wie die Flämmchen auf den Kerzenleuchtern von Pasquino da Montepulciano. Der Platz war menschenleer. Die Engel, die an der einsamem Kanzel hingen, waren zu Eis erstarrt. »Er ist nicht mehr da!«

Der Raum um unsere Angst vergrößerte sich; die Nacht hatte

keinen Horizont mehr; und die ganze Welt sah aus wie ein gefährliches Meer, das man befahren mußte, ohne den Stern aus den Augen zu verlieren. Und der Fährmann hüpfte in seinem Boot auf und ab; und er näherte sich dem langsamen Schiff, das den Namen des jungen Helden trug, der auf der Brücke von Arcole gefallen war, weil er versucht hatte, den Kaiser mit seinem Körper zu decken; er näherte sich dem Schiff Cäsars, das das Glück Cäsars mit sich bringen mußte und schneller war als alle Segelschiffe. Und es war der siebte Fructidor des Jahres VII.

Die Fregatte stach in See, mit ihren drei Masten und ihren drei Mastkörben, den drei Marssegeln und den beiden Batterien der Kanonen. Auch wir setzten uns am Heck auf eine Lafette, und auf der einen Seite war das Schweigen des großen Schicksals, das einen Augenblick lang in der Schwebe blieb, und auf der anderen Seite war der Geruch Afrikas. Und nach langen Wochen vorsichtiger Fahrt verschlug uns ein Windstoß an die Küste Korsikas. Und die Hirten aus den Hügeln begrüßten den Sohn der Insel.

Auf See war er mehr der meine, gehörte er noch inniger zu meinem Traum; denn ich trug noch das Tosen des Meeres von meinen heimatlichen Gestaden im Herzen, und hier, in meinem toskanischen Gefängnis erinnerte ich mich jeden Tag daran, wie ich beim Sprung ins Wasser den Sand am tiefen Meeresboden berührt hatte und wie ich mit offenen Augen das Licht in der Schlucht erforscht hatte, mit angehaltenem Atem hinter salzigen Lippen. Und da er zwanzig Jahre lang auf dem Festland gewandelt war, nahm ich ihn noch einmal mit auf See, und nahm ihn ganz in Besitz auf der Insel, wo er das Ende fand.

Und da lag er auf seinem Sterbebett, auf seinem Feldbett, von dem blauen Mantel bedeckt, den er als Kaiser bei Marengo getragen hatte. Auf dem Kopf trägt er den Hut mit der Trikolore in Gestalt einer Kokarde, auf seiner Brust liegt ein Kruzifix. Ein silberner Adler trägt die weißen Vorhänge. Am Kopfende steht eine silberne Schüssel, die das wunderbare Herz enthält.

»Gib mir jetzt das *Mémorial*!«, flehte ich, indem ich meinen Vater an den Händen packte und mit mir zog. »Gib mir zumindest den ersten der acht Bände!«

Mein Vater bezwang mich mit den Händen und sperrte mich zwischen seinen Knien ein. Indem er mich fest an den Ellbogen gepackt hielt, wie ein Handwerker, der das Werk seiner geschickten Hände betrachtet, hielt er mich vor sich fest. Aber ich bebte am ganzen Leib, wie ein an den Flügeln festgehaltener Vogel; und ich blickte ihm mit einer Mischung aus Unbehagen und Scharfblick in die Augen, als wollte ich den Schatten durchdringen, der sich in seinem Körper angesammelt hatte, das Dunkel zwischen den Wänden des Fleisches, die Finsternis der Eingeweide und des Herzens, den Abgrund meiner Zeugung.

»Gabriele, Gabriele!« Ganz leise wiederholte er meinen Namen, wie ein Geheimnis, wie eine Parole, die man sich vor der Schlacht ins Ohr flüstert. Und er schüttelte mich, er schüttelte mich, so wie man ungeduldig einen Baum schüttelt, um zu sehen, ob die Blüten abfallen und ob sich schon eine Frucht gebildet hat. Ich bebte am ganzen Körper, in mir war kein Tröpfchen Blut, das nicht bebte. »Sohn! Sohn!« wiederholte er ganz leise.

Er ließ meine Ellbogen los und betastete meine Armmuskeln, die ich am Spannreck und am Barren gestählt hatte, und dann die Schultern, den Brustkorb, die Rippen. Mir war, als würde er mich wappnen, Stück für Stück, als würde er mich von meiner Schüler-Uniform befreien und mir eine gehärtete Rüstung anlegen. Ich spürte die Proportionen meines Körpers in Gestalt einer musikalischen Freude; und ich wartete nur noch darauf, daß die Natur zwischen meinen Lippen eine Melodie entspringen ließ, wie die Quellen, die ich auf dem Spazzavento und auf dem Monteferrato entdeckt hatte und die ich zu jeder Jahreszeit unverändert wiederfand.

Dann nahmen wir fast schweigend das Abendessen ein. Ich war mit meinen Gedanken jedoch noch immer auf der Insel; und in weiter, weiter Ferne, so fern wie einen Ozean, der die Farbe frischen Eisens hatte, sah ich eine kleine Locke blonder Haare leuchten, die beinahe so weiß waren wie Hanf: die Haare des Königs von Rom.

Die acht Bände lagen auf dem Tisch: *Mémorial de Sainte-Hélène.* Es war eine Ausgabe aus dem Jahr 1828, die der Buchhändler Lecointe gedruckt hatte, in zeitgenössischem Einband. Gleich am Anfang hinter dem Inhaltsverzeichnis befand sich die mehrmals gefaltete Karte der Insel.

Dario faltete sie unendlich vorsichtig auseinander, wie ein Gläubiger eine Reliquie aus Leinen, wie die Heilige Veronika das Schweißtuch auseinandergefaltet hätte. Der Rand der Karte war schon etwas vergilbt; an manchen Stellen befanden sich bräunliche Flecke. Die Insel hatte die Form eines Blattes, das an den Rändern von Insekten angenagt worden ist und dem der Herbst zugesetzt hat. Fast genau in der Mitte befand sich ein Zeichen, das nicht größer war als ein Punkt und das das Grab Napoleons bezeichnete. Und rundherum erstreckte sich die Wüste des unendlichen Meers, das unwiderrufliche Exil.

Wir beugten uns über die Karte und schauten und schauten, im Licht der Lampe, ohne uns sattzusehen, als ich plötzlich zu hören glaubte, wie der Atem meines Vaters immer schwerer wurde. Ich hob den Blick; und als ich ihn schlafend im Stuhl sitzen sah, wurde ich von einer derart heftigen Rührung erfaßt, daß ich sie mir auch heute noch unverändert in Erinnerung rufen kann. Alles erschien mir plötzlich geheimnisvoll und fern, mit Erinnerungen und Vorahnungen vermischt. Dario sagte, wobei sein Zeigefinger auf der Karte ruhte: »Hier ist das Feld, auf dem Napoleon auf und ab ging.« Ich sagte zu ihm: »Schweig.« Und mit dem Blick zeigte ich auf meinen schlafenden Vater. Und so blieben wir schweigend und mit angehaltenem Atem sitzen, und wagten nicht umzublättern.

Damit war unsere napoleonische Bibliothek gegründet. Dario fügte das *Manuscrit de l'an 1812* hinzu, dessen Autor jener genaue und rechtschaffene Baron Fain war, der dem Kaiser als Sekretär und Archivar gedient hatte, sowie das polemische Werk des Generals Gourgaud über *Napoléon und die Grande Armée in Rußland*: ersteres in einer Ausgabe aus dem Jahr 1827, die vom Buchhändler Delauny gedruckt worden war, letzteres in einer Ausgabe aus dem Jahr 1825, die von den Brüdern Bossange in Paris gedruckt worden war. Die Bände waren etwas schimmlig, der Einband war geflickt, die Deckel saßen schief, und der Rücken war zerfetzt; in unserer Vorstellung jedoch waren sie etwas Kostbares und Geheimnisvolles, stammten sie doch von einem Gärtner der Boboli-Gärten, der sie hinter einer Truhe mit Blumenzwiebeln aufbewahrt hatte, und niemand wußte, wie und wann sie dort hingeraten waren.

Zu unserer Bibliothek gehörte auch ein Reliquienschrein, in dem sich getrocknete Blätter, getrocknete Blumen, Muscheln, Steinchen, ein Stück Kaschmir und ein halbes Hufeisen befanden. Wir hatten einen unserer Kameraden, der aus Massa stammte, dazu überredet, daß er uns in Erinnerung an Elisa Bacciocchi auf dem Platz vor dem Palazzo Ducale einen Orangenzweig pflückte. Ein anderer Kamerad, der im Schatten des Guinigi-Turmes zur Welt gekommen war, galt uns als der Minister der Herzogin von Lucca. Wenn wir ihn unablässig mit unseren Fragen traktierten, schwoll ihm der Kopf an, der ohnehin schon verunstaltet war, so daß er die Flucht ergriff, den Kopf verzweifelt zwischen den Händen haltend.

Dario hatte noch nie das süße Lucca mit seinem grünen Wall gesehen; und in seiner Verblendung stellte er sich vor, daß es zwischen der Porta San Donato und der Porta Santa Croce, zwischen San Romano und San Francesco, zwischen San Frediano und San Martino keinen Stein gäbe, auf dem die knochige, wachsame und kluge Napoleonide nicht ihre Spur hinterlassen hätte. Und gewiß hatte sie auch den Platz der Ilaria del Carretto auf dem Sarkophag von Jacopo della Quercia eingenommen, um ihren ewigen Schlaf im Dunkel des Domes zu schlafen. Aber wo ruhte der Verführer Bartolomeo Cenami, der Lesperút in Elisas karger Gunst abgelöst hatte? Ähnelte die Schrift der Herzogin ein wenig der ihres Bruders? Wäre es nicht möglich gewesen, zumindest ihre Unterschrift zu bekommen, die sich doch auf zahlreichen Dekreten befand? Schließlich brachte uns unser Kamerad aus Lucca nach den Osterferien ein Sonett zu Ehren der »neuen Semiramis«, das von einem Mitglied der Accademia degli Oscuri stammte. Bevor wir es ins Archiv legten, lernten wir es auswendig.

Aber unser bester Reliquienlieferant war ein Junge aus Elba: Nicht die Laus aus Portoferraio, die mit Leim und Werg herumschmiß, sondern ein Junge aus Marciana Marina namens Vittorio, ein herzlicher und phantasievoller Kamerad voll freundlichem Diensteifer, dem jedoch der Schalk im Nacken saß und der dafür bekannt war, die Ode *Il Cinque Maggio* in teils kargen, teils schwülstigen Siebensilblern nachgedichtet zu haben, nicht ohne sich insgeheim von Dario inspirieren zu lassen.

Für Dario war er der einzige noch lebende Untertan des Kaisers. »Du bist sein Untertan«, schärfte er ihm ein, und dabei blickte er ihm in die Augen wie ein Hypnotiseur, »du kannst dich deiner heiligen Pflicht nicht entziehen. Du bist der Untertan Napoleons. Hast du verstanden?« Und binnen kurzem war der brave Junge auch ein Besessener geworden, den das korsische Fieber verzehrte, und der die Ferien nur deshalb herbeiwünschte, um auf seiner erzenen Insel die kaiserlichen Spuren zu entdecken.

Als er ins Internat zurückkehrte, umgarnten ihn Darios von Frostbeulen verunstaltete Hände wie zwei unausweichliche Fangarme. Zu dritt zogen wir uns in eine Fensternische zurück, um von unserem Helden zu schwärmen, wie drei Thunfisch-Fischer im Golf von Procchio nach Napoleons Abreise im Februar.

Anfangs war der Kamerad aus Elba ein bescheidener und aufrichtiger Erzähler, der sich darauf beschränkte, von seinen Ausflügen zu den denkwürdigen Orten zu berichten, und auch seine Ausbeute als Reliquiensammler war eher bescheiden: Das erste Mal brachte er uns einen Myrtenzweig, den er am Brunnen in der Villa di San Martino gepflückt hatte, ein paar Steinchen von der Allee und etwas Verputz, den er vom Palazzo der Sottoprefettura abgekratzt hatte. Später jedoch begann sich seine Phantasie, genährt von unseren gebieterischen Wünschen, zu erwärmen und zu entwickeln. »Was weißt du über Madame Letizia? Was über Pauline? Was weißt du über die Walewska? Den August 1814 verbrachte Napoleon in der Klause der Madonna von Marciana, er lebte in deinem Heimatort Marciana, im Schatten deiner Kastanienbäume! Ich an deiner Stelle hätte ihn zumindest gesehen, und vielleicht hätte ich sogar mit ihm gesprochen!« Bei Darios heftigen Vorwürfen errötete der Untertan bis an die Haarwurzeln, und er warf mir einen beinahe flehentlichen Blick zu, als wollte er mich bitten, ihm beizubringen, wie man die großen Gespenster heraufbeschwören und die einzigartige Reliquie auffinden könne. Ich gab ihn jedoch unerbittlich der Schande preis. »Ach, die Walewska, Maria Walewska! Aber du weißt doch, du weißt doch ganz sicher, daß sie eines Nachts im September im Hafen von Marciana an Land ging, um den Verbannten zu besuchen.«
Ich gestehe, daß ich eine heimliche Liebe für die schöne, achtzehnjährige Polin mit den blonden Haaren und den himmelblauen Augen hegte, deren Hingabe an den lang ersehnten Befreier ihrer Heimat mir wie eine Art höchstes Opfer erschien. Man hatte mich damals in Florenz einem alten Oberst in Ruhestand anempfohlen; der, nachdem er unter dem Großherzog gedient hatte, ins italienische Heer eingetreten war und freundschaftlichen Kontakt mit meiner Familie gepflegt hatte, während er mit dem Kommando der Festung von Pescara betraut war. Nachdem mich mein Vater ihm anempfohlen hatte, erhielt ich nicht nur jeden Sonntag in Prato seinen freundlichen

Besuch, sondern ich verbrachte auch den Großteil der Feiertage in seinem florentinischen Haus am Corso dei Tintori. Er hatte einen Sohn, Pippo, der Offizier der Artillerie war und der mich in der Reitbahn der Fortezza da Basso auf seinen Pferden reiten ließ; und eine noch unverheiratete Tochter, Clemenza, von frischer Schönheit und lebhafter Anmut, die eine große Liebhaberin von Düften und eine eifrige Romanleserin war und deren Spötteleien sehr gefürchtet waren, solange die Melancholie sie nicht in Seufzer verwandelte. Diese Tochter hatte in mir natürlich eine geheime Leidenschaft entfacht, die durch eine napoleonische Reminiszenz noch zusätzlich geschürt wurde.

»Weißt du eigentlich, daß ich Maria Walewska ähnlich sehe?« fragte sie mich eines Tages und beugte sich, von oben bis unten nach Veilchen duftend, über das Buch, in dem ich gerade vom Übergang über die Weichsel bei Thorn las. »Von meinen Freunden werde ich inzwischen sogar die kleine Walewska genannt. Sieh mich an.« Sie trug ein Kleid aus dunkelblauem Samt, ein elfenbeinfarbenes Spitzenkrägelchen und einen braunen Filzhut mit Straußenfeder. Ihr Gesicht, das von zwei Flechten umrahmt wurde, erinnerte an jene großen Magnolienblüten, die, um nicht beschädigt zu werden, von den Blumenhändlern in Weidenkörbchen verkauft werden, die mit grünem Laub ausgelegt sind.

Im Haus von Freunden hatte man ihr ein Miniaturporträt gezeigt, das von einem jener Poniatowskis stammte, die sich in Florenz niedergelassen hatten, vielleicht von jenem, der Niccolinis *Giovanni da Procida* vertont hatte und dafür vom Großherzog mit dem Bürgerrecht belohnt worden war. »Ich sage dir, wir ähneln uns wie zwei Wassertropfen.« Ich hatte bereits die Weichsel überschritten, die Preußen in die Flucht geschlagen, den Bug überschritten, die Russen zurückgeworfen und Warschau eingenommen. »Tanzen wir die Mazurka unter den Augen des Kaisers!« schrie ich, plötzlich kühn geworden. Und schon hatten wir eine Spieldose aufgezogen, die seit der

Zeit des Königreichs Etrurien ihre Sonatinen herunterleierte. Und wenn mich der Kaiser gesehen hätte, wie ich derart ausgelassen tanzte, hätte er mich sofort ins Hauptquartier des Fürsten Jerôme vor Breslau geschickt.

Inzwischen träumte ich Tag und Nacht davon, mit der auferstandenen Maria Walewska Mazurka zu tanzen und dem Gatten von Joséphine und Marie Luise, der solche Behandlung schon gewöhnt war, Hörner aufzusetzen. Ich gehörte mittlerweile zu den eifrigsten Schülern unseres Tanzlehrers, eines einäugigen Männchens mit Nachnamen Basettino. »Die Masukka oder der bolnische Tanz«, erklärte er uns, wobei er mich mit seinem stechenden Blick aus seinem pfefferkorngroßen Auge durchbohrte, »ist ein Quimmedio (*quid medium*) zwischen Bolka und Walser.« Und da es mir gelungen war, bei meinen Kameraden eine unmäßige Begeisterung für den masowischen Tanz zu entfachen, schluckten wir nicht nur Staub und steckten unbeabsichtigte Fußtritte ein, sondern wir mußten noch dazu die Mißtöne über uns ergehen lassen, die der verschnupfte Geigenspieler auf seinen vier Saiten erzeugte, auf ewig unentschieden zwischen Polka und Walzer.

Gewiß hatte unser Kamerad aus Marciana auf Elba keine Ahnung von den geheimen Beweggründen, aufgrund derer ich so leidenschaftlich von ihm verlangte, sich auf die Spuren der nächtlichen Besucherin zu begeben. Und als schließlich der befreiende Sommer kam, mußte er uns, bevor wir Abschied nahmen, feierlich schwören, sich ausschließlich unserem bedeutenden Archiv zu widmen.

Während er in Livorno sein Schiff bestieg, besuchte ich meine kleine Walewska in einer lichtdurchflossenen Villa in Castello, die in der Vergangenheit Lucrezia Rucellai gehört hatte; denn aufgrund einer fürsorglichen Bestimmung meines Vaters durfte ich so lange nicht in die barbarischen Abruzzen zurückkehren, bis ich zu einem makellosen Toskaner geworden war.

Ach, der Hügel von Castello in den kühlen, von Bächen durchflossenen Wäldern! Die Rinieri- und Topaia-Gärten, in denen

noch immer die strenge Eleganz Benedetto Varchis herrschte! Die Wonnen des Pflanzgartens, der von den Wasserspielen und den Phantasien des Tribolo belebt wurde, wo unter Cosimos Pflege zum ersten Mal der Jasmin erblüht war!
Kaum begannen die Rotkehlchen und die Nachtigallen, sich dem Lockvogel auf meiner Jule zu nähern und den Schlingen aus Pferdehaar, war es schon wieder an der Zeit, ins Gefängnis zurückzukehren; ich mußte mich wieder unter den Flügel des Storches begeben, der der Feind der Schlangen ist, wie die Inschrift (*Cicogna invisa colubris*) über dem trostlosen Tor lautete. Allein der Gedanke, Dario wiederzusehen und Neuigkeiten aus Elba zu erfahren, linderte meinen Abschiedsschmerz an einem Tag, an dem der Regen auf das Dach des Tabernacolo all'Olmo prasselte, das von einem lauten Gezwitscher wie betäubt war.

Vittorio, der in Livorno wie ein stolzer korsisch-ligurischer Pirat mit reicher Beute an Land gegangen war, strotzte und strahlte vor Neuigkeiten. Er war nicht wiederzuerkennen: Er stotterte nicht mehr und wurde auch nicht mehr rot; er hatte jegliche Schüchternheit abgelegt, als hätte er sich in den Spelunken von Portoferraio mit den Mamelucken des Kaisers und den abgebrühten Veteranen der kaiserlichen Wache herumgetrieben; und er schmückte seine Erzählungen mit derart überzeugenden Details aus, daß Dario und ich uns einen verblüfften Blick zuwarfen. Er hatte herausgefunden, daß er so gut wie mit allen Familien der Insel, die um den kaiserlichen Hof herumscharwenzelt waren, verschwägert war. Überall hatte er Auskünfte, Reliquien, Dokumente gesammelt und sensationelle Entdeckungen gemacht. Unterhalb einer Festungsmauer der Linguella hatte er einen Greis namens Fanò aufgespürt, ein Männchen, das so ausgezehrt und ausgedörrt war wie eine geräucherte Sardine; der hatte in Napoleons Reitstall als Stallbursche gedient. Und dieser merkwürdige Greis, der nicht einmal beim Sprechen das Rohr seiner Tonpfeife aus dem zahnlosen

Mund nahm, hatte ihm um einen nicht näher bestimmten Preis ein halbes Hufeisen mit drei Nägeln darin verkauft, die noch im Huf von *Wagram* gesteckt hatten, des berühmten grauen Berberschimmels, den der Kaiser an jenem berühmten Tag in der Schlacht geritten hatte.

»Schwör, daß es echt ist«, sagte Dario zu ihm, mit zitternder Stimme, während er das verrostete Hufeisen betastete und die drei verbogenen Nägel in den Löchern hin und her bewegte, die für ihn so heilig waren, als wären sie seinerzeit nicht in den Pferdehuf eingedrungen, sondern in Sein lebendiges Fleisch, in das Fleisch dessen, der die »Schandtat von Golgatha« hingenommen hatte wie der König der Juden.

Ich sehe noch immer vor mir, wie der hin und wieder aufblitzende Wagemut in den falben Augen unseres Kameraden immer wieder von Ängstlichkeit abgelöst wurde. »Hat Wagram dieses Hufeisen tatsächlich bei der Schlacht in der Donauebene getragen?« fragte Dario, der sich an seinen eigenen Gefühlen berauschte. »Was hat dir Fanò erzählt?«

Als Vittorio sah, daß unser Kamerad nur allzu gern bereit war, alles zu glauben, was seinen Traum und seinen Glauben nähren konnte, war er drauf und dran, die Augen zu schließen und wie aus der Pistole geschossen zu antworten: »Ja, in der Schlacht.« Er erinnerte an einen Schauspieler, der steckengeblieben ist und nicht mehr weiß, ob er ja oder nein sagen soll, und deshalb ein »jein« hervorstößt. Der doppeldeutige Einsilbler lag schon auf seinen roten Lippen. »Was hat dir Fanò erzählt?« drängte der Fanatiker. Doch da antwortete Vittorio: »Ich brachte kaum ein Wort aus ihm heraus. Weiß der Teufel, was er in seinen Bart gemurmelt hat. Der graue Araberschimmel mit der langen Mähne war offenbar das Lieblingspferd des Kaisers, und er kam sogar oft in den Stall, um ihm Zucker zu bringen.«

In der Studierstunde nahm ich, der ich auch in Castello einen von Pippos Füchsen geritten hatte, für den ich alle Zuckerdosen des Obersten geplündert hatte, wieder einmal Xenophons Schrift »Über die Reitkunst« zur Hand. »Weit geöffnete Nü-

stern bürgen dafür, daß das Pferd Ausdauer und Temperament besitzt...« Und die Märchen des Kameraden aus Elba nahmen Gestalt an, zwischen Tisch und Bücherregal. Die zarten Lippen *Wagrams* suchten ihren Hafer auf den Seiten des griechischen Schriftstellers. *Tauris*, der grau gescheckte persische Hengst, den der Kaiser beim Einmarsch in Moskau und beim Übergang über die Beresina geritten hatte, blickte mich schräg an aus seinen großen, von Äderchen durchzogenen Augen, über die lange, silbrige Haare fielen. Und der brave Fuchs *Roitelet*, der aus der Kreuzung eines englischen Vollbluts mit einer Stute aus dem Limousin hervorgegangen war, erzählte mir, wie das Pferd Achills unter dem Joch, vom Tod. In Lützen, wo Marschall Ney einen blutigen Triumph gefeiert hatte, war eine Kanonenkugel ganz knapp über die Kruppe des Pferdes geflogen und hatte sein Fell so versengt, daß für immer ein nackter Fleck blieb. In Arcis-sur-Aube, wo sich auch einmal der große Ney tapfer gegen jedes feindliche Heer verteidigt hatte, wurde der Fuchs vor den Augen eines jungen, schrekkensstarren Bataillons von seinem Reiter auf eine explodierende Granate getrieben und ging unversehrt aus einer Wolke aus Rauch und Flammen hervor, mit dem lächelnden Gott im Sattel, dem die freudetrunkenen Soldaten zujubelten.
Als mein Professor, ein braver Pfaffe, der so fett und weich war wie eine byzantinische Matrone, meine elegante Übersetzung las, der ich brav ein exaktes Verzeichnis von Trensen und Zaumzeug hinzugefügt hatte, konnte er nicht ahnen, daß der schicksalhafte Galopp Bonapartes über diese Seiten geführt hatte und daß ich als Briefbeschwerer das Hufeisen eines heroischen Rosses benutzte, wie es den jungfräulichen Hufen von Xenophons Pferden noch unbekannt war.

»Und die Walewska?«
Der lockenköpfige Kamerad aus Elba schickte seinem Bericht ein stummes Gestikulieren voran, als hätte die außergewöhnliche Fülle ihm die Rede verschlagen. Tatsächlich hatte seine

Entdeckung etwas Wunderbares an sich. Einer seiner Onkel mit Namen Saverio war der Sohn eines Arztes aus Marciana, der seinerzeit Umgang mit Doktor Joureau gepflegt hatte. Und dieser Onkel Saverio besaß ein kleines napoleonisches Archiv, in dem sich unter anderen höchst kostbaren Dingen auch die treue Abschrift einiger Jugendschriften des Zöglings von Brienne befand. Und er selbst war der Besitzer des alten Hauses, in dem Madame Letizia gewohnt hatte, wenn ihr Sohn den Sommer in der Klause verbrachte. Und er behauptete, als er eines Tages den gelben Salon im ersten Stock betrat, hätte er mit großer Bestürzung die Mutter des Kaisers dasitzen sehen wie die Statue der römischen Agrippina.

»Und die Walewska?«

Um der Gluthitze der Hundstage zu entgehen, hatte sich der Kaiser in die Klause geflüchtet, in den Schatten jahrhundertealter Kastanien. Er lebte wie ein Mönch in der Zelle, so einfach wie ein Hirte des Cinto oder des Padro; auch Hofstaat hatte er keinen bei sich, weder Köche noch Kellermeister; und einmal am Tag stieg er nach Marciana hinunter, um mit Madame zu Mittag zu essen, und dann kehrte er auf seinen Berg zurück. Eines Abends im September ging im Hafen die geheimnisvolle Geliebte an Land. Stallburschen und Diener erwarteten sie mit gesattelten Pferden. Sie schwang sich aufs Pferd und galoppierte ungeduldig auf dem steinigen Weg davon. Der Mond beschien den Golf von Procchio und die Granitfelsen des Capanne. Hinter dem Fetovaia-Berg ragte jedoch eine große dunkle Wolke hervor wie ein Ungeheuer. Sie hatte den Mond bereits verschlungen, als die Besucherin erst die Hälfte des Weges zurückgelegt hatte. Einen Augenblick später platzte die Gewitterwolke. Im Licht der Laternen, unter den Bäumen, die sich krümmten und ächzten, traf die Geliebte den bange wartenden Kavalier. Er ritt den mächtigen Fuchs, der selbst auf dem schrecklichen Ritt von Valladolid nach Burgos nicht zusammengebrochen war, als der Heerführer schneller zu sein schien als die Viktoria ...

»Möchtest du eine Reliquie der Walewska?«, fragte mich der Kamerad aus Elba, nicht ohne Erregung, als wolle er mit einem genialen Pinselstrich sein romantisches Gemälde zu Ende bringen. »Willst du sie? Da hast du!« Und er zeigte mir einen Fetzen amarantoroten Kaschmirstoffs, der angeblich im Gebüsch hängengeblieben war, als die Besucherin im allgemeinen Aufruhr ihren Mantel zerrissen hatte.
Ich war leichter zu überzeugen als Dario. Ich verlangte keinen Schwur. Vielleicht war dieser Fetzen nichts anderes als ein unschuldiges Stück Tischtuch oder Schürze; zweifellos war es jedoch etwas Weibliches von dramatischer Farbe, und das reichte, meine Phantasie zu beflügeln, die sich an der Venus des Giambologna orientierte, die sich auf dem Brunnen in der Villa Petraia mit großer Anmut den triefenden Haarschopf auswindet.
Der Kamerad aus Elba hatte jedoch die traurigen Jugendschriften aus den Heften des Onkel Saverio abgeschrieben, die so begannen: »*Toujours seul au milieu des hommes, je rentre pour rêver avec moi-meme et me livrer à toute la vivacité de ma mélancoie. De quel côté est-elle tournée aujourd'hui? Du côté de la mort.*« Oje!
Die nächsten Wochen verbrachte ich in einem Zustand düsterer Verzweiflung, den Dario mir bescherte, indem er mich zwang, den imaginären Rufen von Foscolos Wiedehopf zu lauschen, während in meinem Herzen noch immer, wie an den Hängen des Monte Morello, die Nachtigallen sangen, die ich mit meinen Käfigen nicht hatte fangen können.
Bei unserem täglichen Spaziergang gingen wir nun schweigend die schmutzigen Wassergräben entlang, in denen die Wollstoffe gewalkt wurden und die sich für uns in tote Höllenufer verwandelt hatten. Und obwohl mein Kamerad zu einem schweigenden Schatten geworden war, verabsäumte er es nie, die Linke auf dem Rücken zu halten und die Rechte auf die Brust zu legen, zwischen zwei Knöpfe des grauen Mantels gezwängt...

»*Toujours seul au milieu des hommes ...*«, sagte eines Tages mit einem spöttischen Seufzer der einzige noch lebende Untertan Napoleons, der freundliche Junge von der Insel, und er versuchte mit einem Lächeln, das neue Reliquien versprach, Darios melancholische Stimmung zu vertreiben. »Gib mir die Kladde von Onkel Saverio zurück, die inzwischen zerlesener ist als die Grammatik von Salvadore Corticelli. Gib sie mir zurück. Sie ist mit zwei traurigen Tinten geschrieben: einer roten, warmen und trockenen Galle; und einer schwarzen, trockenen und kalten Galle. Wenn du sie mir zurückgibst, schenke ich dir eine andere Reliquie, die ich in Reserve habe: eine Reiter-Reliquie!«
Und etwas in mir spitzte sofort ungeduldig die Ohren, als hätte ich, der ich im Sommer in Castello so fleißig geritten war, den Fuchs von Pippo, dem Bruder der Clemenza Walewska, in mir eingestellt.
»Gib sie sofort her«, schrie ich. »Wo ist sie? Zeig sie mir! Die Kladde liegt beim Aufseher Bereni, der versucht, mit seinem miserablen Französisch das noch miserablere Französisch seines Landsmanns zu korrigieren, das noch dazu vor Schreibfehlern strotzt, die der Kopist aus Elba hinzugefügt hat. Cice, der Analphabet, hat mir als Gegengift Cäsars karge *Comentarii* empfohlen, wenn nicht gar die von Montluc.«
Bei der unerwarteten Respektlosigkeit schien plötzlich Cäsars Ausspruch *Tu quoque* in Darios Augen zu stehen. Aber da ich mich in einem jener Momente befand, in denen mich eine klassische Spottlust überkam, zuckte ich nur die Schultern eines spitzfindigen Ikonoklasten und stürzte mich auf den, der Fanò zum Betrug angestiftet hatte. »Ist es ein Sporn? Eine Pistolentasche? Ein Adler von einem Stück der Satteldecke oder des Brustgeschirrs? Eine Schnalle des Steigbügels? Eine Schabracke? Ein Ring?
Darios Kinn bebte. »Ist es«, stammelte er, »ist es nicht einer der beiden Buchstaben, die auf der Satteldecke eingestickt waren? Ist es nicht ein N?«

Ich packte den Kameraden aus Elba an den Ellbogen und rüttelte ihn. »Sprich endlich, tu was, Herrgott! Du bist ja noch steifer als dein Fanò.«
Wie ich ihn so sah, wie er sich ängstlich hinter einem vagen Lächeln versteckte, konnte ich mich kaum zurückhalten, eine neue Respektlosigkeit hervorzuzischeln: »Ist es wieder ein Stoffetzen wie der polnische Kaschmir, den du aus der verlotterten Kommode Madama Letizias gefischt hast?«
»Du mußt wissen«, sagte Vittorio errötend, »daß mein Fanò des öfteren die Ehre hatte, den wunderbaren Sattel aus karmesinrotem Samt zu bürsten, der im Jahre XIII für sechzehntausend Francs gekauft wurde und über und über mit Buchstaben und gekrönten Adlern bestickt war und zu dem ein silbernes Bruststück mit zwei Schlaufen gehörte, eine goldene Gebißstange und goldbeschlagene Steigbügel. Er war extra dem Paradepferd angepaßt worden, das Napoleon nur bei seinen feierlichen Triumphzügen ritt, einem großen normannischen Grauschimmel mit langem Schweif und wallender Mähne, der *L'Intendant* hieß.«
»Er war ein äußerst schlechter Reiter«, sagte plötzlich ein ruhiges, nasales Stimmchen.
Es war die Stimme meines Banknachbarn; dessen Schreibtisch und Regal hinter den meinen standen, während Schreibtisch und Regal des »Schlappschwanz von Mòdona« vor mir standen.
Mein Kamerad mit den wimpernlosen Augen schreckte hoch und kniff die Lippen zusammen, die so schmal waren, daß sein Mund manchmal aussah wie eine frische Narbe. Aber ich, der ich damals schon den Ehrgeiz besaß, ein Meister der Reitkunst zu werden, und in der Erinnerung oft den Geruch des väterlichen Reitstalls einsog, der sich aus frischem Stroh und frischem Heu und feuchtem Hafer und heißer Kleie zusammensetzte, konnte mich dem sarkastischen und ikonoklastischen Dämon nicht widersetzen, der mir in jener Stunde im Nacken saß.
»Sprich, Gian da Luni!« brüllte ich mit einer möglichst metal-

lisch klingenden Stimme, mit einer Art herrischer Fröhlichkeit, von der auch die drei Läuse erfaßt wurden, die sich bereits an den Tischen versammelt hatten, zum Lernen wie zum Spiel gleichermaßen bereit.
»Sprich Aruns!« kläffte der bösartige Chor.
»Der Ackermann aus Carrara, der ackert und ackert und akkert!«
Obwohl ich am Leben teilnahm, das rund um mich im Gange war, bildete sich in mir dennoch wie so oft ein plötzliches Gefühl der Einsamkeit, das mich nichts anderes mehr spüren ließ als eine unerklärliche und unkontrollierbare Veränderung des Geistes und des Fleisches. Mit einem Mal entglitt mir alles; aber ich konnte den flüchtenden Dingen ein paar Augenblicke lang folgen, bis sie sich im Nichts auflösten. Jeder schwere Gedanke wurde leicht und veränderte seine Gestalt. Die festgefügten Worte von gestern verloren die Last der Bedeutung, wurden leicht und verflogen, glichen sich dem ewigen Spiel der Lügen an. Ich hatte sie gegen meinen Willen in den Mund genommen, so wie ich jetzt wiederum welche aussprach, die mir zuwider waren und die der Lebendigkeit meines Wesens zutiefst fremd waren, die wohlklingend und falsch waren und in denen dennoch ein wenig von meinem unbewußten Kummer nachhallte, von meiner geheimen Rastlosigkeit, meiner vagen Unzufriedenheit. Es machte mir sogar Freude, die Blüte der aufrichtigen Freundschaft zu zerpflücken. Es machte mir Freude, ein Gefühl zu kränken, das mir als Zuflucht und Stütze erschienen war, denn leerer Stolz ließ mich sowohl das eine als auch das andere verachten. Es machte mir Freude, aus diesem Akt der Vernichtung, aus diesem Nichts heraus ein anderes Gesicht meines Lebens zu schaffen, zu erfinden, zu erwecken, um mich einen Augenblick später an meinem neuen Sein zu erfreuen, an meiner Freiheit, an der Gefahr, die ich auf mich nahm. Am Ende des Jünglingsalters war das Zerstören nur eine andere Form der Aneignung. Doch das Jünglingsalter war mir noch fern wie die Kindheit, und nah wie die Kindheit. Der verwor-

renste Teil meiner selbst ähnelte noch immer dem stolzen und zornigen Schweigen, das ich als Knabe, auf dem Betstuhl kniend, gewahrt hatte, um meine Sünden einzusperren und zu verbergen.

»Was hast du?« fragte mich Dario mit erloschener und vertraulicher Stimme, als gingen wir nebeneinander den aschgrauen Graben entlang.

Warum also hörte ich lauter noch als das Geschrei und das Getrampel der Läuse die Geräusche draußen auf dem Platz, die durch die Fensternischen zu mir drangen: die Rufe der Frauen, das Weinen der Kinder, das Jaulen der Hunde; und das Tröpfeln des Wasserhahns im Waschraum und die Schritte des Pedells auf dem Gang, und das Klaviergeklimper des Maestro Ciardi und die Geige des Maestro Nuti, und die Tenorposaune des Maestro Chiti, deren Klänge dumpf und undeutlich durch Türen und Decken hindurch zu hören waren? Und warum erschienen mir in meiner augenblicklichen und dennoch ewigen Entrücktheit die vielen Mißtöne als einziger Wohlklang, warum wurden sie von meinem gleichzeitig unverbildeten und geübten Ohr als eine Folge von Hebungen und Senkungen wahrgenommen? Ich weiß es nicht; und selbst die vielgestalte menschliche Sprache hilft mir nicht, dieses gestaltlose Kommen und Gehen zum Ausdruck zu bringen, dieses Fließen und Versiegen, dieses Hervortreten und Verlöschen, dieses Vergehen und Entstehen. Aber als über der trichterförmigen Fensteröffnung, in der Öffnung des gegenüberliegenden Fensters der Novembernachmittag verblich wie eine formlose Traurigkeit, mußte ich mich wohl woanders befinden als zwischen zwei Regalen und zwei Tischen, zwischen zwei Schulmappen und zwei Tintenfässern. Ein Geist, den ich nur schlecht beschreiben konnte, ließ mich leiden und machte mich zum Gegner jeder bekannten Darstellung heroischen Willens. Bonaparte, der unermüdlich über Schlachtfelder galoppierte, seine allzu vielen Pferde jeglicher Rasse und jeglicher Farbe, seine hundertacht karmesinrot überzogenen Sättel aus dem Jahr XIII waren mir genauso fremd und fern wie zum Beispiel die Abanten, die sich, da sie immer zu Fuß, mit kurzem Schwert und von Mann zu Mann kämpften, den Kopf schoren, damit man sie nicht an den Haaren packen konnte.

»Sprich, Aruns!« stammelte der einfältige Chor.

Der Zögling Aruns besaß den leicht schielenden Blick und den geschwungenen Mund des Haruspex, und seine Züge und seine Gesichtsfarbe hatten etwas von der Starrheit einer mit den Farben der Ironie bemalten Maske: Sein »spöttisches Lächeln« – wie es der Erzieher aus Pistoia geistreich formulierte – war so beständig, daß es zur Schlafenszeit den Anschein hatte, als wäre es von einem kleinen Momos, einem Geschäftspartner der Fantiscritti, denen der hellblaue Marmorsteinbruch gehörte, geradezu eingekerbt worden. Das äußere Zeichen seines luziden und kalten Verstandes war eine vorspringende Stirn, die Giovanmaria Cecchi in den »Dissimili« als »unverfroren« bezeichnet hätte. Und tatsächlich waren wir so verschieden voneinander, daß er mit seinem Scharfsinn und mit seiner Kälte meine Glut anzog, ohne sie zu löschen. Dem »weißen Marmor« seiner Heimatstadt Carrara und seiner Liebe zur griechischen Prosa schien er einen unverdorbenen Geschmack zu verdanken, der seine Belesenheit weit übertraf. Er war weniger ein Zögling des Storchs als ein Schüler der Akademie, die vom letzten weiblichen Mitglied der Familie Cybo gegründet worden war. Durch das Sammeln hervorragender Modelle hatte er sich den Kanon der Proportionen angeeignet; und jede Ungehörigkeit, jede Unmäßigkeit und Arroganz, jede Schwülstigkeit war ihm ein Anlaß, zu spötteln und seinem vermeintlich griechischen Widerwillen gegenüber der kulturellen Barbarei Ausdruck zu geben. Da wir Tischnachbarn waren, studierten wir oft gemeinsam die Grammatik oder wir ackerten den großen *Thesaurus Graecae Linguae* von Enrico Stefano oder das Lexikon des Scapula durch; und mich erheiterte die beinahe lästige Pedanterie, mit der er mir seine Grammatikregeln aufzwang, wie ein Grammatiklehrer aus Alexandria mit der Peitsche in der

Hand. Aber eigentlich war er der zweite Spiegel des Diptychons, in dem ich mich prüfend spiegelte. In der Freundschaft zu Dario maß und ermaß ich meine Fähigkeit zum Handeln; in der Freundschaft zu Gian da Luni maß und ermaß ich meinen Scharfsinn und meine Klugheit, meinen Esprit und meine Eleganz, und vor allem meine aufmerksame Begeisterung für das Schöne, Silius' *decoris furorem*. Und so genoß ich die Freundschaft zu beiden Kameraden, die ihre Abneigung gegeneinander kaum verbergen konnten, denn sowohl der eine als auch der andere waren mir behilflich bei meinem Experiment, das Unvereinbare in mir zu vereinbaren und das Unvergleichliche in mir zu entdecken. Beide waren außergewöhnlich und bereiteten mir oft das Vergnügen, mich ihnen selbst dort noch überlegen zu sehen, wo sie am lebendigsten, am tapfersten und am einzigartigsten waren. Und insofern waren sie mir ein »Diptychon der Prüfung«: Als zum Beispiel Gian da Luni aus den Ferien zurückkam, brachte er mir Sapphos *Oden und Fragmente* mit, ein kleines, zerknittertes und vergilbtes Büchlein, das ich mit bebenden Händen entgegennahm, als würden in meinen Händen die vom honigsüßen Lächeln zusammengebundenen Veilchen aufs neue erblühen. Beinahe Schläfe an Schläfe saßen wir auf unseren Schemeln, über die Seite gebeugt, und waren dennoch unwiderruflich getrennt von der Unendlichkeit des Fühlens. Und er sagte, indem er seiner Stimme einen möglichst nasalen Klang verlieh, damit ihr ja nichts Blutvolles und Harmonisches anhaftete: »Ich glaube, du staunst, Gabriele. Wisse also, daß die Äolier zur Zeit Sapphos den gelehrten Geist nicht schätzten ...« Kein gelehrter, sondern irgendein anderer Geist enthüllte mir tief im Inneren meine Berufung zum Schriftsteller und ließ mich ahnen, wie berauschend ein Rhythmus sein kann, der nicht von Lyraklängen begleitet wird. Und wahrhaft zum ersten Mal begann in meinem Herzen das wunderbare Geheimnis des Wortes zu erstrahlen, das kunstvoll wie der schönste Stern in das Sternbild eingefügt wird. Wortlos schob ich die Kralle meines Kameraden beiseite, die mir, wie sie so über die Verse glitt, ein Unbehagen bereitete, als zerpflückte sie die zarteste der einfachen Rosen aus Mytilene. »Δέδυκε μὲν ἁ σελάνα καὶ Πληιάδες...« Immer wieder las ich diese mitternächtliche Strophe, bis sie ein Teil meiner Erinnerung und meiner Angst geworden war. Und in den Tagen darauf meinten die Läuse, eine Art Spaltungswahnsinn hätte von mir Besitz ergriffen; denn ich konnte nicht genug davon bekommen, mit zwei verschiedenen Stimmen die beiden Verse des Hochzeitslieds zu rezitieren: »Παρθενία, παρθενία... – Οὐκέτι εἴξω...« Und ich hatte auch keine Lust mehr, gemeinsam mit Giannetto den *Thesaurus* zu befragen.

Jetzt sagte Dario zu unserem Kameraden aus Carrara, als wollte er ihn mahnen: »Der Marmor vom Grab Napoleons stammt aus dem Steinbruch von Colonnata. Hast du das gewußt?«

Der Kamerad aus Carrara, der vom süßen Brunnen der Maria Beatrice Cybo d'Este gekostet hatte, verabscheute den bitteren Geschmack der Barbarei Elisa Bacciocchis, die die antike Kathedrale hatte abreißen lassen, um den Bau ihres Palastes in Massa voranzutreiben; und in seinem Abscheu warf er die gesamte faule, laute und geldgierige Familie des Korsen in einen Topf.

»Hier zum Beispiel siehst du Bonaparte hoch zu Roß, auf einer Zeichnung von Horace Vernet, die man mit deinem besten Créstola-Marmor in ein Reiterstandbild verwandeln könnte«, sagte Dario hartnäckig, mit einem Ausdruck kaum verhohlener Herausforderung.

»Das könnte genausogut Pompejus, Germanicus oder Trajan sein, Mark Aurel oder jeder x-beliebige römische Reiter, dessen Füße zu Lebzeiten mehr aus Horn und weniger geflügelt waren als die des Pferdes«, gab Gian da Luni gelassen zur Antwort, mit seinem starren Lächeln. »Du könntest ja auch versuchen, deinen Bonaparte auf ein Pferd vom Fries des Phidias zu setzen: fett und mit vorstehendem Bauch über den kurzen Schenkeln, mit hängendem Kopf und rundem Rücken, wie ein Rollmops, mit auswärts gedrehten Knien, mit langen Steigbügeln und durchhängenden Zügeln. Kaum macht das Pferd einen Sprung, fällt er herunter, schlägt mit dem Kopf auf einem Baumstamm auf und wird ohnmächtig wie in Mortefontaine. Beim ersten Hindernis wälzt er sich im Schlamm, wie in Boulogne. Und als hier sein Pferd zum ersten Mal jäh stehenbleibt, saust er über die Ohren des Tieres hinweg und schlägt in der Luft einen Purzelbaum. Du darfst weder den Hofmalern noch den volkstümlichen Drucken Glauben schenken. Der Napoleon-Mythos ist ein Ergebnis des Bilderkults. Ich wundere mich, daß du nicht zumindest eines der vielen Bilder besitzt, auf denen Bonaparte auf der Brücke von Lodi steht, mit der Fahne in der Hand. Nun, Dario, dein Held hat weder die Brücke überschritten, noch hat er die Schlacht angeführt. Er hat nur einem jungen Graveur aus Genua fünfundzwanzig Louis geschickt und ihm den Auftrag erteilt, einen Druck der Brücke von Lodi anzufertigen. Der Graveur postierte den großzügigen Spender sofort am Brückenkopf, und in dieser Haltung wurde der kühne Napoleon auf dem Bild verewigt. Und genauso ist es mit den wahren Vorgängen in Arcole beschaffen. In Lodi, in Arcole nimmt die Heuchelei der Künste ihren Anfang, die den Korsen verherrlichen. Aber es ist doch eigenartig, daß er trotz seiner verherrlichten Kühnheit kein einziges Mal verletzt wurde, mit einer einzigen Ausnahme. Unverletzlich wie Achilles, wurde er in Regensburg leicht am Fuß verwundet, und wie stolz war er auf seine Verletzung, nachdem man ihn rasch verbunden hatte!«

Der Kamerad mit den wimpernlosen Augen schien inzwischen das starre Lachen des Jungen aus Carrara zu imitieren. Hin und wieder schüttelte er den Kopf. Mit einem Ton, der noch bitterer war als der Honig der Insel, sagte er: »Gian da Luni, ich bin nicht so gebildet wie du. Ich weiß jedoch, daß deine Mitbürger aus Luni Unmengen von Käselaiben herstellten, die mehr als tausend Pfund wogen und die die Form eines Riesenkürbis hatten.«

Der unverfrorene Lieferant von Créstola-Marmor zuckte mit

keiner Wimper. Da er ein direkter Nachfahre des Generals Domenico Cucchiari war, eines tapferen Soldaten des Unabhängigkeitskrieges und strahlenden Helden unter den Helden der Schlacht von San Martino, wurde ihm von den Läusen und von einigen Sekretären, die Veteranen desselben Krieges waren, eine gewisse Autorität in militärischen Fragen zuerkannt.
»Da du so unvorsichtig bist, Plinius zu zitieren, ohne die Quelle anzugeben«, fuhr der Spötter unbeirrbar fort, »werde ich dir nach den Weihnachtsferien einen schönen Druck mitbringen und schenken, auf dem Napoleon zu sehen ist, wie er in Gedanken versunken vor dem Grab und Lorbeer Vergils sitzt; aufgrund dieses Dokuments kannst du ihn dann auch als großen Latinisten feiern, der begierig nach dem Ruhm der Humaniora strebt, wie Herr Giovanni della Casa sagen würde, der jedoch hier über jeden Verdacht der üblen Nachrede erhaben sei. Siehst du, Gabriele, wenn ich es darauf anlege, kann auch ich spötteln wie du.«
»Summa cum laude« zischte Dario hervor, dessen Lippen immer mehr einer schneidenden Klinge ähnelten. »Leg also deine großen Käselaibe aus Luni in die Käsekammer deiner Worte zurück.«
»Wenn wir auch noch die letzte Klarheit aus der Welt schaffen wollen, beteiligen wir an unserem Gebrabbel auch Senecas ›Epistulae‹, um eine Käsewahrheit auszusprechen, die dir gefallen wird, o Dario. Die ›Maus‹ ist ein Wort, die Maus frißt Käse, also frißt das Wort den Käse. Aber ich bin noch nicht am Ende. Bevor uns unser Kamerad aus Elba die Reiterreliquie zeigt, muß ich der Ehrlichkeit halber zum Abschluß noch von der Reise des Kaisers auf die Insel Elba berichten, wo ich doch mit der Abwesenheit des Ersten Konsuls auf der Brücke von Lodi und Arcole begonnen habe.«
Ich spürte, wie Darios unruhiger und schmerzvoller Blick auf meinem verdächtigen Schweigen ruhte, auf meiner stummen Nachsichtigkeit, während ich versuchte, mir nichts von dem Schwindel anmerken zu lassen, der mich gepackt hatte; hin und

wieder merkte ich, daß mich die Läuse ob meines unverständlichen Verhaltens unruhig und verwundert anstarrten. Und vielleicht war dies der Augenblick, in dem manche den kühnen Plan faßten, Zettelchen und Schmähschriften am Rücken der ohnehin schon entweihten Bücher festzumachen; vielleicht war dies der Augenblick, in dem bei dem einen oder anderen die Lust an der Pasquinade erwachte.

»Höre also, Vittorio aus Elba, der du vom Rauch aus Fanòs Pfeife vernebelt wirst«, fuhr der Junge aus Carrara, der erbitterte Feind Elisa Bacciocchis, unerschrocken fort und betrachtete mich verstohlen, während er meine florentinische Kunst des Spöttelns imitierte. »Nach seiner Absetzung verlangte der Kaiser, daß ihn zur Gewährleistung seiner Sicherheit die Kommissare der fünf Großmächte auf die Insel Elba geleiteten. Fünf Augenzeugen begleiteten ihn also, die ihm durchaus nicht feindlich gesinnt waren und die, um ihn zu beruhigen, sogar bereit waren, die Kleider mit ihm zu tauschen, wodurch sie das Risiko auf sich nahmen, an seiner Stelle die Prügel des wütenden Pöbels einzustecken. In Avignon schrie das Volk und warf mit Steinen. In Orgon hatte man einen Galgen gesehen, an dem eine blutüberströmte Leiche hing. Bonaparte, der kreidebleich geworden war, versuchte sich im Fond der Kutsche hinter dem General Bertrand zu verstecken, der neben ihm saß. Und da er seine Angst nicht bezähmen konnte, scheute er nicht einmal davor zurück, die Perücke eines Lakais aufzusetzen, sich eine weiße Kokarde anzustecken und voranzureiten. Aber als die Kutschen langsamer fahren mußten, kam es noch schlimmer, denn in Saint-Canat versuchte das Volk die Türen aufzubrechen und den armen Bertrand zu massakrieren, der den Platz des Kaisers eingenommen hatte. Als es dem sogenannten Kaiser in der Herberge nicht gelang, als Engländer durchzugehen, schlug er vor, nach Lyon zurückzukehren und eine andere Straße zu nehmen. Wie ein Kind ließ er die Tränen fließen und zog sogar in Betracht, durch das Fenster zu fliehen. Das Fenster war jedoch vergittert, und womöglich wurde es sogar vom wütenden Pöbel bewacht. Die Wirtin kam und bestätigte, daß sich der Pöbel darauf vorbereitete, Bonaparte zu erschlagen und zu ertränken. Zitternd wie Espenlaub gab er vor, zu applaudieren. Er weigerte sich, mit den anderen gemeinsam zu essen, aus Angst, die Kommissare könnten ihn vergiften. Er hatte jegliche Haltung verloren, und hin und wieder versuchte er sogar, das Schluchzen zu ersticken, indem er wirres Zeug daherbrabbelte, indem er sich, ohne rot zu werden, wie ein Hanswurst aus der Commedia dell'arte gebärdete. Um Mitternacht wurde das Zeichen zum Aufbruch gegeben; und um den Kaiser so weit wie möglich zu beruhigen, erklärte sich ein Russe, ein Adjutant des Kommissars Schuwalow, großzügigerweise bereit, die Kleider anzuziehen, die den Helden von Lodi und Arcole in einen flüchtenden Lakai verwandelt hatten. Und der verkleidete sich schließlich als österreichischer General, indem er in die weiße Uniform des Kommissars Köhler schlüpfte ...«

Die unbarmherzige Erzählung wurde vom Trommelwirbel auf dem Korridor unterbrochen, dem Zeichen, daß die dreistündige Studierzeit angebrochen war. Der Kamerad mit den wimpernlosen Augen hatte sich ins Dunkel des Saals zurückgezogen, war verschwunden. Ich sah seine Lampe auf dem Tisch brennen, an dem er vornübergebeugt saß, den Kopf zwischen den Fäusten. Eine Lampe nach der anderen ging an. Auf das Getuschel und Getrappel folgte das Schweigen der Arbeit.

Da zündete ich eigenhändig die Lampe Aruns und meine eigene an. Und ich sagte, wobei mir das Herz auf wunderbare Weise blutete: »Morgen erzählen wir dem Geschichts- und Geographieprofessor, daß wir mehr als einen Schrei aus der Ebene von Marathon haben aufsteigen hören.«

Und ich nahm das sechste Buch Herodots aus dem Regal.

Ich kann gar nicht sagen, was für ein Gefühl von Fröhlichkeit und Harmonie mich überkam, als ich in den Weihnachtsferien nach Castello fuhr und im Haus der Lucrezia Rucellai meine kleine Walewska wiederfand. Ich war schon so sehr ein Toskaner geworden, daß ich nur eine Zypresse am Rand eines Olivenhains zu sehen brauchte, damit mir das Herz zu klopfen begann, als hätte ich den Schlußvers eines Sonettes von Cino oder Guido gelesen.

Die Winterluft war glasklar wie der Bergkristall, den sich die Medici gerne schleifen und in Gold fassen ließen. Zu dieser Jahreszeit gab es fast keine Vögel auf dem Land, aber für mich sangen die Erinnerungen an ihrer Stelle. Überall glaubte ich die Gestalten der Edelfrauen aus vergangener Zeit zu sehen. Auf der Wiese vor dem Lepre dei Rinieri schienen wir Dianora, der Witwe von Bernabò Malaspina, der Ottavia von Gismondo della Stufa, der Lucrezia von Pier Francesco Rinuccini zu begegnen. Und aus den Arcipressi, die der Familie Mini, den Apothekern vom Canto del Giglio gehörten, trat jene Lisabetta, die den Amerigo Vespucci dem unbekannten Meer geschenkt hatte. Und aus den Brache kam Camilla d'Antonio Martelli, die junge unglückliche Braut von Cosimo dem Alten. Und aus dem Pozzino sprang spöttelnd der Lasca hervor.

Trug die Villa San Poteto, die in Richtung Quinto lag und von Camillo Borhgese wieder aufgebaut worden war, nicht noch immer den Namen Paulines? Die *reine des colifichets* wurde jedoch in meiner Gunst von den anderen Edelfrauen abgelöst, so wie Ghirlandaio die Fresken des Bezzuoli in den Schatten stellte, und Verrocchio die Basreliefs von Aristodemo Costoli, die dem römischen Fürsten so teuer waren.

Indem sie ihre Jungmädchenaugen weit aufriß, fragte mich Clemenza: »Ist es wahr, daß sie zweimal die Woche in zehn Pints Milch badete und auf Reisen immer ein Bett aus Rosenholz mit sich führte?« Und ich antwortete: »Gewiß, und darüber hinaus hatte sie immer ihre Tanzmeister und ihre Begleiter auf der Geige bei sich, um ihre mythologischen Quadrillen einzustudieren. Tanzen wir eine langsame Mazurka, Maria Walewska!«

Genau am Weihnachtstag schenkte ich ihr als historisches Weihnachtsgeschenk den Kaschmirfetzen, den ich aus dem Reliquienschrein entwendet hatte, ohne zu erröten. »Ich werde ein Nadelkissen daraus machen«, sagte sie lachend, »in Form eines Herzchens.«

Zur Mitternachtsmesse gingen wir in die Medici-Kirche von San Michele. Ohne die Kälte zu spüren, gingen wir die Mauern entlang, hinter denen sich Gärten voller Zitronen und Orangen verbargen. Von Zeit zu Zeit hörten wir das Tröpfeln eines Wasserhahns oder das Rauschen eines Wasserstrahls, fast wie eine leise Musik unter dem lauten Konzert der Glocken. Eine große schwarze Zypresse berührte die Sterne. Und dann waren uns die Sterne auf einmal so nah, daß ich glaubte, sie hätten sich wie Glühwürmchen in Clemenzas Zobel-Toque verfangen.

An der Ecke zu einer noch dunkleren Straße nahm sie mich wie eine ältere Schwester an der Hand. Als sie spürte, daß ich zitterte, fragte sie mich: »Ist dir kalt?« Und sie legte mir das Ende ihrer Boa um den Hals.

»Nein«, antwortete ich leise. »Ich bin der Kaiser«.

Bei meiner Rückkehr verhehlte mir Dario weder seinen Groll, noch ersparte er mir seinen Spott. Und ohne es zu ahnen, imitierten wir den gräßlichen *Dialogo su l'Amore*, an dem sich der verliebte Des Mazis, der gestrenge Bonaparte und der personifizierte Gemeinplatz mit dem Zweispitz beteiligen. »*Comment, monsieur, qu'est-ce que l'amour? Eh quoi!*« Ich verheimlichte den wahren Grund meines Schmerzes. Einen Tag bevor ich das gastfreundliche Haus verlassen hatte, war mir zu Ohren gekommen, daß die kleine Walewska mit einem Kameraden von Pippo verlobt war, der Oberleutnant der Artillerie war, genauso wie der junge Korse während der berühmten Belagerung!

Am Anfang suchte auch ich, den Kopf zwischen den Händen,

Zuflucht bei den düsteren Gedanken über den Lebensüberdruß (*la vie m'est à charge, etc. etc.*), und auch ich betrachtete trüben Blicks die Gräben der Wollweber von Prato. Eines Morgens jedoch entdeckten wir, daß an einem Fach des Regals, in dem die napoleonischen Geschichtsbücher aufgereiht standen, mit zwei Füllfederspitzen aus Stahl einer jener runden Kastanienkuchen voller Pinienkerne und Rosinen befestigt worden war, wie sie in den Bergen um Pistoia gebacken werden; und darunter stand infamerweise geschrieben: »Das ist die Sonne von Austerlitz.« Wir verabschiedeten sofort alle feigen und eitlen Gedanken, wappneten uns mit Heldenmut und warfen uns in die Schlacht.

Der Reaktion mußte die Stirn geboten werden. Die illustre Bibliothek schien sich in den Torso Pasquins verwandelt zu haben, so zahlreich waren die schmähenden Sprüche, die ein anonymer Frevler hier angebracht hatte. Das Bild des Märtyrers von St. Helena blutete vor Schmach. Als »Parvenu« wurde er beschimpft, als »Hahnrei und Totengräber«, als »feister Schlächter«, als„Mörder des Herzogs von Enghien«, als »Würger von Pichegru«, als »Betrüger von Bayonne«, als »Oger von Korsika«, »als blutschänderischer Bruder der Messalina von Guastalla«, als »Hanswurst-Jupiter« und noch vieles mehr.

Hin und wieder stieg aus der Mitte einer geschlossenen Gruppe, die sich jedoch jeden Augenblick wieder auflösen konnte, der feindselige Schrei einer nachgeäfften Stimme auf. Unser Saal hatte sich in die verschiedensten, einander feindlich gesinnten Parteien aufgeteilt. Es kochte und gärte der Parteiengeist, schlimmer noch als im Prato der Dagomari und Guazzalotri, schlimmer noch als im Pistoia der Panciatichi und der Cancellieri. Die vor Abenteuern und Lügengeschichten strotzenden Romane von Alexandre Dumas dem Älteren, die Anekdoten und Legenden der volkstümlichen Geschichtswerke, in denen der Parteiengeist triumphierte, die mit jakobinischer Rhetorik ausgeschmückten Melodramen, die deftigsten und grausamsten Machwerke der Propaganda nährten die kriminelle Energie und blutrünstige Phantasie der größeren und kleineren Läuse, die infolge monatelanger Gefangenschaft und Tyrannei ohnehin aufgestachelt waren. Brandschatzungen, Galgen, Äxte und Hackbeile, Vergewaltigungen und Gemetzel mit Schieß- und Stichwaffen bevölkerten die gräßlichen Träume dieser Knaben, die wie die Infanterie Seiner Majestät in dunkelblaues Tuch gekleidet waren. Die militärischen Unternehmungen Oliver Cromwells, der Vendée-Krieg und die Hundert Tage waren die drei Hauptthemen ihres mimetischen Deliriums. Kaum hatten sie ihre Rindfleisch-Schnitte zerkaut und ihre Lateinübungen heruntergestottert, wollten sie sich selbst und ihr unbedeutendes Leben vergessen, um in der Haut eines ungestümen Helden zu keuchen, zu schnauben und zu brüllen. Hin und wieder nahm dieser Wunsch nach schauspielerischer Mimesis die Gestalt einer wahren Entfremdung an und führte sogar bis zu den Exzessen des Wahnsinns.

Ich erinnere mich an manche regnerischen Tage, an denen der gewohnte Spaziergang abgesagt wurde und wir gezwungen waren, im dumpfen Saal mit seinen trichterförmigen Fenstern zu bleiben. Kaum hatten wir das Klassenzimmer verlassen, trübten sich unsere Gedanken. Diszipliniert stiegen wir die ersten Stufen der Treppe hinauf, die vom Gang aus überwacht werden konnten, auf dem die Aufseher auf und ab gingen. Aber kaum hatten wir die zweite Treppe erreicht, übermannte uns eine plötzliche Raserei: Wir stießen ein einstimmiges Geheul aus und rannten die Treppe hinauf, vier Stufen auf einmal nehmend, mit dem Ungestüm der Soldaten von Villa Corsini oder Calatafimi, unaufhaltsam. Mit einem Schulterstoß sprengten wir die Tür; und brüllend und stampfend stürmten wir in den Saal, wobei wir unsere Bücher und unsere Schultaschen auf die Tische knallten, mit der Grausamkeit von Herodes' Söldnern, die die Köpfe der Unschuldigen Kinder gegen die Wände schleuderten.

Ich meine mich noch immer an den Geruch zu erinnern, der inmitten dieses Tumults vom Fliesenboden aufstieg, den die

Hausdiener kurz zuvor mit Wasser besprüht hatten, um ihn zu reinigen: Es war ein weicher, widerwärtiger und beinahe erstickender Geruch, der in meiner Erinnerung untrennbar mit all diesen Grausamkeiten verbunden ist, wie der Dunst des Blutes mit den Verbrechen der Geschichte. Es folgte eine Pause, in der wir von Ratlosigkeit ergriffen wurden und von einem mörderischen Hunger. Ein jeder griff in seine Schublade und begann sein Brot zu essen, seinen Kuchen, seinen Fladen oder seinen Brotkanten. Und während wir hastig und geräuschvoll kauten, während die Kiefer mahlten und enorme Bissen unsere Backen blähten, nahmen unsere Augen bereits einen anderen Ausdruck an, als würde in jedem der gierigen Esser bereits die Person erwachen, die er darstellen wollte. Bei einem heiseren Laut fuhren wir dann alle in die Höhe, und inmitten verstreuter Krümel bebten wir vor Kampfeslust.

Der Laut stammte von einem Sauhirten-Horn aus der römischen Campagna, das der Sohn eines Kaufmanns vom Land von seinem Gut mitgenommen hatte, um die Truppen der Vendée zusammenzurufen. Er blies mit aller Kraft ins Horn, so daß der wilde Ruf in den Wäldern und an den Ufern erschallte; denn er war niemand anders als François Athanase Charette höchstpersönlich, der Führer der Aufständischen mit dem Kopf einer Wildkatze, der Frauen und Gesetze schändete, der den Republikanern die Hände abhackte und die Patrioten mit dem Schädel voran in der Erde vergrub, ungreifbar und unbezwingbar. Auf dem Lineal, das er anstelle des reichverzierten Schwerts trug, das ihm der elende Graf von Artois geschenkt hatte, stand in roter Tinte geschrieben: *Je ne cède jamais*. Beim Klang des Horns richteten sich die Leute aus der Vendée auf, fletschten die Zähne, ballten die Fäuste; und stürzten sich ins Gemetzel.

Da schrie eine Stimme in den Trichter zweier Hände, die noch klebrig waren von süßer Marmelade: »Die Truppe aus Mainz ist in der Vendée eingetroffen!«

Eine andere heisere Stimme brüllte: »Der Herzog von York ist mit zwanzigtausend Engländern und zwölftausend Österreichern in Dünkirchen gelandet!«

Aber eine Stimme, die fester und schrecklicher war als alle anderen, die Stimme eines Erzengels, sagte: »Freunde, ihr müßt euch hier opfern.« Zweifellos war dies der kühne Kléber bei Torfon; der seine Handvoll Männer am Brückenkopf postierte.

Und wer waren diese beiden, die sich am Tisch des Erziehers gegenseitig das Gesicht mit Tinte beschmierten? Es war Oliver Cromwell, der seinem Verbündeten Martyn diesen schaurigen Streich spielte, als er den Hinrichtungsbefehl für Karl I. unterschrieb; sein Verbündeter jedoch vergalt ihm Gleiches mit Gleichem.

Und wer waren diese beiden, die einander an einem Tisch gegenübersaßen und einen Kastanienkuchen aßen, was nicht ohne hämisches Grinsen und Augenrollen abging? Joseph Lebon, der in Arras mit dem Henker die Henkersmahlzeit einnahm.

Der Schatten des Terrors verbreitete sich unter dem Tonnengewölbe. Die über den Boden geschleiften Schemel ahmten das Knirschen der Karren nach, auf denen die Gefangenen saßen, unerschrocken oder bebend. Niemand wurde vom Gesetz des Argwohns verschont. Ein Verhör folgte ohne Pause auf das andere: »Habt Ihr Euch an der Verschwörung beteiligt? Nein. Seid Ihr nicht ein ehemaliger Adeliger? Nein. Seid Ihr nicht vielleicht ein Priester? Nein. Wart Ihr nicht der Diener des ehemaligen Konstituante-Mitglieds Soundso? Nein. Wart Ihr nicht der Architekt von Madama? Nein. Ist Euer Schwager nicht im Luxembourg? Nein. Gut, Ihr seid zum Tode verurteilt!«

Der einfältige Kamerad aus Fucecchio mit seinem dreieckigen Schädel trat vor, wobei er den Hals ausstreckte wie eine Sumpfschildkröte, und er hauchte mit schriller Stimme: »Mich hat man nicht angeklagt. Mein Name steht nicht auf der Liste.« Worauf der unerbittliche Richter achselzuckend donnerte:

»Darauf pfeife ich! Sagt mir Euren Namen, Ihr seid zum Tode verurteilt!«
Rund um die Guillotine ereignete sich nun eine Metamorphose, die Ovids mehr als würdig war. Die Verurteilten verwandelten sich in Moschusböcke, Goldkäfer und Blütenstecher, in Laubfrösche, Eidechsen und Mäuse, ja sogar in Salamander und Chamäleons. Dieses ganze harmlose Völkchen, das wir an den Ufern der Gräben oder am Bisenzio eingesammelt hatten, auf Maulbeerbäumen, Weiden und Pappeln, an Teichen, in Dachrinnen und auf Dachböden, jenes kleine und unwissende Völkchen, dem Firenzuola weder Sprache noch Verstand zugestanden hatte, wanderte unter der Guillotine durch, die vom Henker einwandfrei bedient wurde.
»Ach, dieser Robespierre ist unersättlich!« Niemand anderer als Bertrand Barère, der Anakreon der Guillotine, hatte diesen Stoßseufzer ausgestoßen, worauf er sich auf den niedrigen Schemel fallen ließ, auf dem wir für gewöhnlich saßen, um uns einmal die Woche die Füße zu waschen. Etwas später verkündete er feierlich, aufrecht auf dem Schemel sitzend wie auf einem Sockel: »Die Freiheit ist eine Jungfrau, deren Schleier man nicht ungestraft lüftet.« Und unser Erzieher, der zwar aus derselben Stadt stammte wie Vanni Fucci, sich jedoch nie und nimmer getraut hätte, das Zeichen der Feige in Richtung des Himmels zu machen, dafür aber gefräßig an seinen Fingernägeln kaute, schreckte hoch und erhob Einspruch gegen die schlüpfrigen Worte. »Auf die Abtei! Auf die Abtei!«, tonte es von allen Seiten. »Die Montagne ist rein, die Montagne ist sublim!« Saint-Just leerte seine Taschen, zum Beweis, daß er keine Listen darin verbarg. Tallien zeigte der Versammlung einen hölzernen Dolch. Ein Jakobiner brüllte. »Ich bin gekommen, um im Schoß der Versammlung ...« Aber der Erzieher schreckte wieder hoch vor Empörung und verhinderte, daß der schlüpfrige Satz zu Ende gesprochen wurde. »Zum letzten Mal, Präsident der Mörder, bitte ich dich um das Wort«, brüllte ihm Robespierre mit verzerrtem Gesicht zu, streckte ihm die Fäuste

entgegen und warf das verzerrte Gesicht nach hinten. »Du erstickst an Dantons Blut!« Und ein Schauspielschüler, der es nicht erwarten konnte, warf dem Tyrannen ein Fläschchen roter Tinte ins Gesicht, ohne daß diesem Zeit geblieben wäre, sich wie vorgesehen die Pistole an den Kopf zu setzen.
Die »Kavaliere«, die »Rundköpfe« und die Banditen der Vendée, die sich vom Drama der Hundert Tage ein paar Sekunden lang hatten überwältigen lassen, kamen wieder zu sich und kämpften weiter, ohne sich um das zu kümmern, was rundherum geschah.
Ein jeder kämpfte für seinen Gott, für seinen König, für seinen Herrn, für seine Beute und seinen Ruhm, und jeder ging völlig in der Rolle auf, die er sich ausgesucht hatte, ein jeder gestikulierte und führte Selbstgespräche wie ein Verrückter auf dem Gang des Irrenhauses.
Der fürchterliche Charette kam vorgerückt, einen Arm in der Binde und den Kopf mit Lumpen umwickelt: So hatte man ihn nach Nantes zur Füsilierung gebracht. Er riß sich die Binde von den Augen und befahl mit großartiger Impertinenz, wobei er seine Katzenaugen weit aufriß: »Feuer!«
Maximilien Robespierre lag ausgestreckt auf dem Tisch des Erziehers, mit einem Stapel Bücher im Nacken, und blutete aus Lippe und Wange. Als er sich mit einem Pantoffel abwischte, der eine Pistolentasche sein sollte, reichten ihm seine Adjutanten ein Stück Papier, damit er sich besser abtrocknen konnte.
Oliver Cromwell, hart und kalt unter seinem imaginären Puritaner-Mantel, vierschrötig in seinen imaginären Stiefeln mit dem nach oben hin weiter werdenden Schaft, mit seinem unverwundbaren Oberkörper, der mit imaginären Binden aus Damhirschleder umwickelt war, neigte das Haupt, um die Leiche des Königs zu betrachten, berührte seinen Kopf, um sich zu versichern, daß er auch wirklich abgetrennt war, und sagte mit eisiger Stimme: »Was für ein gutgebauter Körper. Er hätte ein langes Leben versprochen.«

Aber der Enthauptete auf der Bahre war ein falscher König. Der wahre Karl I. von England, der wahre Stuart, der Verlierer von Naseby, weigerte sich mit Nachdruck, sich enthaupten und sich daraufhin den Kopf wieder am Rumpf annähen zu lassen, um den Besuch seines Feindes zu empfangen. Im berührendsten Augenblick seines Martyriums, als er angespuckt wurde, hielt er inne; und er war nicht zu bewegen, auf den Richtbock zu steigen, obwohl es auch in der Stunde der Hinrichtung einige effektvolle Szenen gegeben hätte, zum Beispiel, wenn der Henker immer wieder innehielt, um dem Adligen gegenüber zu wiederholen: »Gebt acht auf das Hackbeil, berührt ja nicht das Beil, ruiniert mir ja nicht die Schneide.«
Wie geheimnisvoll ist doch die Erinnerung, der Mechanismus, der bestimmt, was sich unserem Gedächtnis mehr oder weniger stark einprägt! Vielleicht genauso geheimnisvoll wie das, was von den Träumen hervorgehoben und verbunden wird. Gestalten und Ereignisse, die allem Anschein nach kaum bemerkenswert sind, hinterlassen einen unauslöschlichen Eindruck, als verberge sich hinter ihnen ein Rätsel des Geistes oder ein Sinnbild des Schicksals. Vielleicht würden wir das eine lösen und das andere verstehen, wenn wir uns die Mühe machten, nachzuforschen und nachzudenken. Aber selbst die Wachsamsten und Neugierigsten geben sich damit zufrieden, den Begriff des Seltsamen anzuerkennen und den Zufall zu verehren. Wir wissen, daß sich so mancher in der Stunde des Todes seines Blutes bedient hat, um an der Wand von seinem Heroismus Zeugnis abzulegen. Vielleicht wird der Mensch eines Tages imstande sein, auch das zu lesen und zu deuten, was das Blut in ihm selbst unablässig schreibt.
Warum ist mir von den vielen Gesichtern, Haltungen und Gesten jener Zeit gerade das Bild jenes Gefährten so lebendig in Erinnerung geblieben, der hartnäckig darauf bestand, die Rolle des von Soldaten und Richtern in seiner Ehre gekränkten Stuart zu spielen?
Ich erinnere mich, daß er aus Modena stammte: ein armseliges

Knäblein von geringem Verstand, eine Art weißer Rettich, nichts als stockende Lymphe. Auf seinem Schädel, der die Form eines Zuckerhuts hatte, saß ein schiefes Büschel schlaffer Haare, die weder brünett, noch blond, sondern mausgrau waren; seine Augen zwischen den entzündeten Lidrändern waren so hell wie die eines Albinos; die Nase glänzte stets fettig und war von schwarzen Mitessern übersät; sein Mund mit der leicht überhängenden Oberlippe stand immer ein wenig offen. Er schien sein Leben einem sanften Schwachsinn geweiht zu haben, bereit, »in einem Häuschen aus Watte« zu leben, wie Tassonis im Ghirlandina-Turm eingesperrter Wasserkübel.
Im Studiersaal stand sein Schreibtisch vor dem meinen. Während dieser drei langen Abendstunden konnte ich ihn immer beobachten, wie er sich verstohlen über die Seiten eines Romans beugte, den er unter seinem Aufgabenheft versteckt hielt. Über seinen zarten Nacken zog sich eine dicht mit Flaum bewachsene Furche, und unter seinen widerborstigen Haaren leuchtete weiß die Kopfhaut. Beim Anblick seines armseligen Rückens empfand ich immer großes Mitleid. Um ihm zu helfen, ließ ich ihn meine Lateinübungen und die gelösten Mathematik-Aufgaben abschreiben. Er stellte seinen Charakter folgendermaßen unter Beweis: Obwohl er sich mit Haut und Haaren der Lektüre schöner Literatur verschrieben hatte, schraubte er zum Zeichen seiner Dankbarkeit den Docht im Brenner kleiner, damit die Lampe nicht allzu hell brannte und zuviel Öl verbrauchte; und am Ende der Studierstunden zeigte er sich glücklich, wenn er genug eingespart hatte, um mir etwas mehr als die üblichen paar Tropfen, die ich gewöhnlich einsammelte, anbieten zu können. Vielleicht war dies der Grund, warum seine Augen immer entzündet waren.
Eines Abends glaubte ich zu sehen, daß sein Rücken und seine Schultern von den tragischen Windstößen, die sich von den Seiten seines versteckten Buches erhoben, noch stärker gerüttelt wurden als sonst. Einmal glaubte ich sogar zu sehen, daß ihm das Mausefell auf dem Schädel zu Berge stand. Insgeheim grin-

ste ich, in Gedanken an den berühmten Schweinsfuß, an die Heldentaten des Grafen von Culagna, an die »Wahre Geschichte des Schlappschwanzes von Modona.« Als schließlich der Trommelwirbel ankündigte, daß die drei Stunden vorüber waren, drehte er sich keuchend zu mir um, als käme er von weither gelaufen, um mir weiß Gott was für eine Nachricht zu überbringen.

»Was ist passiert?« fragte ich ihn. »Woher kommst du?« Er antwortete »Aus Westminster Hall.«

Er rieb sich die gereizten Lider. Ich hörte sein Herz schlagen.

»Und was hast du in Westminster Hall gemacht?« Mir war, als würde ich eine jener Schlafwandlerinnen mit verbundenen Augen befragen, die ich bei den Volksfesten in den Abruzzen gesehen hatte.

»Der König wird verurteilt. Präsident Bradshaw sitzt auf einem mit karmesinrotem Samt bezogenen Stuhl, und die sechsundsechzig Kommissare links und rechts von ihm sitzen der Reihe nach auf scharlachrot gepolsterten Bänken. Karl betritt festen Schritts den Saal, er trägt den Hut auf dem Kopf und das Szepter in der Hand. Auf den Tisch, an dem die beiden Gerichtsschreiber sitzen, haben die Richter, die damit zugeben, Henker zu sein, einen aus der Scheide gezogenen Säbel gelegt. Als Karl am Tisch vorbeigeht, berührt er die Schneide mit der Spitze des Szepters und sagt: Davor habe ich keine Angst...«

Er beschrieb mir die Einvernahme des Stuart vor dem Hohen Gericht wie ein Visionär, wie jemand, der eine seltsame mimetische Gabe besaß, die mit jedem Augenblick überzeugender wurde. Ich weiß nicht, auf welche Weise sein armes blutleeres Gesicht die Blässe und die Traurigkeit des Königs heraufbeschwor. Als er sagte, der Elende hätte dem König auf die Backe gespuckt, nahm er sein Taschentuch und wischte sich schweigend ab, und seine Geste war derart berührend und wahrhaftig, daß sie mir noch immer lebhaft vor Augen steht und nach mehr als zwanzig Jahren nichts an Kraft verloren hat.

Warum hatte sich diese Geste von diesem Augenblick an seiner

bemächtigt, in derselben Art und Weise, wie sich die fixe Idee im Hirn des Wahnsinnigen einnistet?
Wann immer ich ihn beim Abendessen kurz danach ansah, erwiderte er traurig meinen Blick und wischte sich über die weiche bleiche Wange. Und als ich mich später im Schlafsaal auszog, um mich niederzulegen, ging er am Fußende des Bettes vorbei, blieb stehen, sah mich an und wischte sich die Wange ab. Mir lief es kalt über den Rücken, als hätte mich der eisige Flügelschlag des Wahnsinns gestreift. Und zum ersten Mal in meinem Leben offenbarte sich mir undeutlich jene schreckliche Angst vor einer plötzlichen Verletzung, die mich in gewissen Zeiten meines Lebens dann so unerbittlich verfolgen sollte.
Zwischen uns beiden schien eine Art stumme Anziehung zu entstehen, eine unbestimmte wechselseitige Abhängigkeit. Er ahnte meine Verwirrung; und ich fühlte mich als Komplize seiner Geste. Inzwischen wiederholte er sie so häufig, daß sie wie ein nervöser Tick wirkte, unter dem Degenerierte und Nervenschwache leiden. Die anderen Kameraden lachten darüber wie über die unverbesserliche Torheit eines Verrückten; und sie hatten dem wäßrigen Mitbürger von Alessandro Tassoni, dem von seinen vielen Mühen nichts anderes geblieben war als eine Feige, eine schrumpelige Feige – *ficus inanis* –, den Spitznamen »der entleerte Kübel« gegeben.
Ich konnte ihm weder aus dem Weg gehen, noch ihn überreden oder zwingen aufzuhören. Er saß vor mir, die schwache Brust an die Tischkante gelehnt; und mir versetzte es jedesmal wieder einen Stich ins Herz, wenn ich zusehen mußte, wie er plötzlich starr vor sich hinblickte und dann wie im Traum seine Geste wiederholte. Seine Wange war dadurch wie erschlafft, wie welk. Hin und wieder zog der Traum auch mich in seinen Bann, machte jegliches Gefühl der Realität zunichte und eröffnete wer weiß welche öden und kargen Welten in meinem Unbewußten. Mit einem bisher unbekannten Grauen, das mich jedoch nicht abstieß, sondern anzog, mußte meine erschreckte Seele eines Tages mitansehen, wie sich auf der weißen Wand im

Schatten jenes mißgebildeten Kopfes die Fratze des Wahnsinns abzeichnete.
Hatte mir vielleicht Vergil die Tränen der Welt offenbart? Oder war ich dazu bestimmt, sie in mir aufzufangen und mit ihnen meine eigene Bitterkeit zu härten?
Manchmal, in gewissen Morgenstunden, huschte ein kreisförmiger, goldener Schein über diese Wand, ein zartes Wunder, das mir tief ins Herz drang und das die Gedanken so veränderte, daß sie ihm ähnlich wurden; es konnte jedoch nichts anderes sein als der Reflex einer Wasserfläche, auf die ein Lichtstrahl traf, einer Pfütze draußen auf dem Platz vielleicht oder einer Schüssel voll Wasser auf dem Fensterbrett gegenüber, das wir aufgrund des Fenstertrichters nicht sehen konnten.
Der kleine, in seiner Würde gekränkte König hielt in seiner Schublade eine Hausmaus, eine weiße Maus mit roten Augen und unbehaarten Pfötchen. Hin und wieder hörten wir, wie sie schnüffelte, nagte, trappelte. Manchmal dachte ich, sie würde nicht in der Schublade wohnen, sondern in jenem traurigen Körper, der kraftlos am Tisch lehnte, und unablässig in ihm herumwühlen.
Eines Tages wurde sie von einem Gefolgsmann Oliver Cromwells festgenommen, abgeführt und gemeinsam mit Fröschen und Eidechsen vom Henker geköpft.
Ich sehe noch immer vor mir, wie der Hinterbliebene bleich vor Schmerz vor der leeren Schublade steht, die von Kleinkram und Unrat übersät ist; ich sehe das an die Wange gepreßte Taschentuch, den entzündeten Rand der vor Trauer schweren Lider, die geweitete Pupille in der farblosen Iris; und den zarten Schein an der Wand, der über dem leeren Kopf zu schweben schien.
Als der Krankenpfleger kam und ihn an der Hand nahm, stand er auf und ließ sich wegführen, und an der Schwelle drehte er sich noch einmal zu mir um und machte seine Geste. Und er erschien nie wieder inmitten seiner Richter und Henker, die ihn vergaßen.

Nachdem wir eine Zeitlang geschwiegen haben, sagt Dario mit verzerrtem Mund und bebender Stimme, und in seiner ganzen Art liegt etwas Schuldbewußtes und Uneingestandenes: »Wer wurde neben dir auf seinen freigewordenen Platz gesetzt? Erinnerst du dich?«

Wieder übermannt mich Angst vor einer unerwarteten Beichte. Es ist, als ob das Bild des leeren Platzes bis in das Zimmer dringen würde, in dem wir atmen. Die Luft wird hohl und bodenlos. Es gibt weder das Leben, das war, noch das Leben, das von den Pulsschlägen skandiert wird; um uns herum ist jedoch etwas, das noch niemand zum Ausdruck gebracht hat und das niemand je zum Ausdruck bringen wird.

Die Unterbrechung dauert nur einen Augenblick, lang genug, damit ich sehe, wie die bleiche Fratze des Wahnsinnigen in einer Art unbestimmtem Grauen zerfließt wie in ihrem eigenen Geheimnis, wie im Ungewissen, das er jenseits der Schwelle vorfand, nachdem er das Flüstern der wilden Knaben hinter sich gelassen hatte.

Jetzt stehe ich wieder zwischen Tisch und Regal. Die Schublade ist leer, aber der üble Geruch des Haustierchens hat sich darin erhalten. Leer sind auch die Fächer des Regals, und dahinter sieht man die nackte Wand. Das bleierne Tintenfaß ist ausgetrocknet. Ich erkenne die Tintenflecke wieder, die Schnitte des Federmessers, die Initialen des Namens, die hier eingekerbt worden sind wie in die Rinde eines Baumes oder auf den Deckel eines Sargs. Und da steht auch der Schemel mit seinen vier Beinen und dem Schlitz oben, in den man die Finger stecken mußte, wenn man ihn umstellen wollte, und seinen abgerundeten Kanten. Und von Zeit zu Zeit erscheint an der Wand der goldene Schein.

Zum ersten Mal in meinem Leben nahm ich die Traurigkeit der Dinge in mich auf, die noch ganz vom Leben eines Menschen durchdrungen sind, den es nicht mehr gibt. Der kleine blutleere König war nicht mehr da, und dennoch schien er mir nicht völlig fern zu sein. Am Nachmittag, während der stillen drei

Studierstunden, fuhr ich plötzlich hoch und hob den Blick vom Buch, als wäre er auf Zehenspitzen auf seinen Platz zurückgekehrt und hätte sich aufs neue an seinem Platz gesetzt; als säße er da, den Ellbogen auf den Tisch gestützt und das Taschentuch an die Wange gedrückt. Sein Platz war leer und lag im Dunkel; aber aus dem Holz drang ein leichter Hauch wie von etwas Lebendigem, und er stieg auch vom Fliesenboden auf, in derselben Art und Weise, wie Phosphor sein Licht abgibt; und wenn ich ihn einatmete, wurde ich unruhig und bedrückt.

Hin und wieder träumte ich mit offenen Augen, und dann vermischte sich das Gespenst mit den Erinnerungen an meine früheste Kindheit. Der hartnäckige Geruch der weißen Maus rief mir ein altes Schränkchen in Erinnerung, das man in meinem Elternhaus in einem Gang abgestellt hatte, der in den Kohlekeller führte: Es war ein altes Schränkchen aus Tannenholz, das etwas wackelig auf drei Beinen stand, und der Schlüssel, mit dem man es versperrt hatte, war schon seit langer Zeit verlorengegangen; es besaß zwei Türen mit kreisförmigen Öffnungen, die von einem Drahtgitter und zusätzlich noch von einem Spinnennetz abgedeckt waren, und aus seinem Inneren drang ein unangenehmer Geruch von altem Käse und ranziger Speckschwarte, wie aus einer alten Mausefalle. An den Balken hingen Vogelbeerbüschel, auf Strohballen reiften Beeren und Quitten, an der Wand lehnten Säcke voller Hülsenfrüchte und Kleie; und die Zwiebeln auf ihren Zöpfen lugten hinter den Maislieschen hervor, mit rundem oder flachem Gesicht, und die Pepperoni zeigten uns die lange Nase. Für uns besaß das alles ein geheimes und verlockendes Leben, als befänden wir uns in der Eingangshalle eines verzauberten Palastes. Für mich, für meinen kleinen Bruder und meine drei Schwestern war der Kohlekeller ein Ort der Wunder, ein Abgrund voller Erscheinungen und Schätze. Indem wir uns fest an den Händen hielten, wagten wir uns am Abend bis auf den Gang vor, von unserer eigenen Angst fasziniert, und wir belauschten und beobachteten die Tür da unten mit der schwarzen Schwelle, neben der kleinlaut ein Sack Erbsen stand. Wenn einem von uns der Magen knurrte, machten wir zu Tode erschrocken einen Satz rückwärts, und die Haare standen uns zu Berge, da wir uns nicht erklären konnten, woher ein derart nahes Geräusch kommen könnte. Dann lachten wir, und einer schubste den anderen; und erst eine reife Vogelbeere, die aus einem Büschel fiel, ließ uns wieder verstummen.

Ich weiß nicht, warum angesichts des leeren Platzes, der in tiefem Dunkel lag, dieses Gefühl des Übernatürlichen in manchen Stunden aufs neue aus den Tiefen der Erinnerung auftauchte. Meine Phantasie machte sich zaghaft auf den Weg ins Ungewisse, wie zur schwarzen Schwelle hinab. Manchmal war mir, als ob der Schatten des bleichen Königs tatsächlich aus jenen Fernen zurückgekehrt wäre, in Gestalt eines Gespensts mit mehlweißem Gesicht, das mein kleiner Bruder Mamàla nannte. Wenn das leere Regal knirschte wie das alte Schränkchen, überlief mich jener wohlbekannte Schauer. Und da dies alles unsagbar und unaussprechlich war, schien plötzlich ein eigenartiges Hindernis zwischen mir und Dario zu stehen, hatte sich in unserer bisher makellosen Freundschaft ein Riß aufgetan.

Mit dem Kammerdiener, der genauso wie jener, der Napoleon nach St. Helena begleitete, Cipriani hieß, hatte ich die Vereinbarung getroffen, daß jeden Abend während der dreistündigen Studierzeit die Lampe auf dem Tisch stand, mit Öl gefüllt, jedoch nicht angezündet. Wenn ich den Blick von meiner Aufgabe hob, sah ich den Glanz des polierten Messings und dachte an den schönen Vorrat. Der eifrige Leser war nicht mehr da, seine Öllampe stand jedoch noch auf dem Tisch. Es war zwar nicht mehr er, der das Öl mit liebenswürdiger Sparsamkeit für mich aufbewahrte, aber in gewisser Weise gehörte es doch immer noch ihm.

Wenn ich in der Nacht nach einem ersten kurzen Schlaf heimlich aufstand und mich mit größter Vorsicht aus dem Schlafsaal stahl, um zu meinen Büchern zurückzukehren, klopfte mein Herz vor geheimnisvoller Erregung, die sich manchmal, beim fernen Krähen eines Hahnes, so schön anfühlte wie das Herzklopfen eines Dichters, der noch nichts von seiner Berufung ahnte. Ich spürte, daß ich in dem riesigen Saal nicht allein war, der den schwachen Schein der Lampe noch schrecklicher erscheinen ließ, der durch die Glastür drang. Verstört drehte ich mich um, um hinter der Glastür die Reihe der weißen Betten zu betrachten; und ich hoffte, daß Dario nicht schlief, sondern mir mit weit geöffneten Augen folgte, mit dem Blick seiner wimpernlosen Augen. Dann tastete ich mich zu meinem Schreibtisch vor und fand meine Lampe wieder, deren Hauch meiner Seele entgegenkam wie der Hauch eines lebendigen Wesens. Und als das Schwefelhölzchen nicht sofort Feuer fing, wurde die Kraft dieses Lebens im Dunkeln unmäßig groß: Der Wahnsinn besaß wieder Fleisch und Knochen, Gesten und Blick.

Als dann der Docht endlich brannte, erschien mir jedes Knistern und jedes Flackern der Flamme als eine Art verschlüsselte Sprache, die ich zu erraten oder zu verstehen glaubte. Langsam beruhigte sich mein Herz, das nun imstande war, die neu gewonnene Kraft und Freiheit aufzunehmen, die das einsame Wachen den Studierenden empfinden läßt. Hinter der Glaswand schimmerten weiß die Betten unter der Hängelampe; den einen oder anderen dunklen Kopf konnte ich auf dem Kissen erkennen, von dumpfem Schlaf umfangen; und insgeheim lächelte ich angesichts der auf dem Rücken liegenden Schläfer, die nicht die leiseste Ahnung hatten von meinem heimlich erworbenen Besitz, von meinem nächtlichen Siegesstrategem. Beim Trommelwirbel, der uns den morgendlichen Weckruf ersetzte, war einzig und allein ich bereit und siegessicher und erfüllt von einem anderen Leben, und ich hegte eine Hoffnung, die sich beim Krähen des Hahnes geregt hatte, der mit Kamm und Flügeln gegen die Stäbe seines Käfigs schlug.

Noch im Morgengrauen ging ich in den Waschraum, der den Schlaftrunkenen so sehr verhaßt war, öffnete alle Rohre, die über eine derartige Verschwendung staunten, und ließ eiskaltes

Wasser über meinen Körper fließen. Als dann der Trommelwirbel auf den leeren Korridoren erschallte, lief ich brüllend und tobend in den Schlafsaal, riß das Kissen von meinem Bett und benutzte es als Waffe gegen die Nesthocker, so wie Samson den noch nicht trockenen Kieferknochen als Waffe gegen die Philister benutzt hatte. »Mit einem Eselskiefer und ein, zwei Kulis, mit einem Eselskiefer erschlag ich dreißig Mulis«.
Aber die Kieferknochen wurden immer mehr, und die Schlacht tobte heftiger als in Ramat-Lehi. Nach den großen Kissen kamen die kleinen Kissen geflogen; nach den Kissen die Bettdekken; nach den Bettdecken schließlich die Matrazen, so zusammengerollt, daß sie aussahen wie brennende Fässer, die von riesigen Steinschleudern abgeschossen wurden. Der Erzieher aus Pistoia stand in Unterhosen aufrecht auf dem Bett, schamhaft in seine schneeweißen Bettvorhänge gewickelt, aus denen nur sein Kopf herausragte, und drohte uns mit pädagogischen Maßnahmen.
»Gebt es dem Panciatico, gebt es dem Panciatico«, tönte es von allen Seiten, allein um ihm eine Ehre zu erweisen, wie an einer Straßenecke seiner von Parteienkämpfen zerriebenen Stadt. Und der aufrechte Panciatico war in seinem Kattun-Turm eingeschlossen. »Feuer, Feuer! Brennen sollst du, brennen! Reisig! Harz! Pech!« Als letzte Wurfgeschosse kamen Mützen und Pantoffel geflogen. »Die Festung schleifen, die Festung schleifen! Niederreißen, niederreißen!«
Plötzlich ertönte hinter uns das Gebrüll eines erkälteten Löwen, ein wohlbekanntes Brüllen.
Die Partei erstarrte, die Hände noch in der Luft, und war mit einem Mal stumm und reglos, wie eine im Wachsmuseum nachgestellte Rauferei. Das Gesicht des Erziehers in Unterhosen verzog sich im Spalt zwischen den beiden Vorhängen, als wollte er zu weinen beginnen, und er stieß einen kläglichen Ton aus: »Ich dachte nicht, daß die Situation so brenzlig sei, Herr Aufseher.« In Wirklichkeit hatte es jedoch den Anschein, als ob er sich die Finger verbrannt hätte. Ein erneutes Gebrüll,

begleitet von einem Aufstampfen des Fußes, ließ ihn aber in seiner Baumwollburg so schnell verschwinden wie eine Marionette im Puppentheater. Und der Hampelmann des Tyrannen blieb mit seinem Zorn allein vor uns stehen, vor unseren zerknirschten Gesichtern und unseren lachenden Augen, auf dem Schlachtfeld, das von mit Daunenfedern gefüllten Waffen übersät war.

Das war unser neuer Aufseher, ein unerbittlicher Sittenwächter, *Catone catonior*, der gekommen war, jegliche »Ausschweifung« und jeglichen »Verstoß gegen die Bestimmungen« mit eiserner Hand niederzuwerfen und zu unterdrücken. Aufgrund einer Laune des Schicksals war er Korse, ein wahrer Korse, ein echter Korse, genauso wie Paoli und Bonaparte, den wer weiß welcher Wind von wer weiß wo zu uns verschlagen hatte und der dank der wärmsten Empfehlungen des Direktors, der als ehemaliger »Jugendfreund« die Verantwortung für ihn übernahm, von der Stadtverwaltung als Aufseher eingestellt worden war. Doch wie schwierig war es doch, sich die Kindheit des einen wie des anderen vorzustellen! Der Empfehlende stammte aus der Zeit der *Odyssee*, und von ihm hätte man wahrscheinlich mit Recht sagen können, daß er ein Neunjähriger war, da er selbst nach Jahrhunderten noch immer so fabelhaft dumm wie ein Rindvieh war: Denn er war nichts anderes als der schlecht verschlossene Sack des Äolus, der Sack, der aus »der Haut eines neunjährigen Ochsen« genäht worden war und dem unentwegt seltsame Winde entwichen wie ein Ächzen oder ein Schnarchen, worauf wir sagten: »Gib auf die Schot acht, Odysseus!«
Der Empfohlene hingegen mußte auf irgendeinem steinigen Acker in Fiumorbo oder Valinco, auf dem es von Krähen wimmelte, als zeitlose Vogelscheuche gedient haben, denn er war so furchterregend wie ein Popanz.
»Was sagst du dazu?« fragte ich Dario, nachdem ich über meinem Lockenschopf eines geschlechtslosen Engels diesen Mais-

kolbenbart hatte brummen hören. Er schüttelte den Kopf, der der Kopf des Siegers von Lodi und Arcole war, und dann antwortete er mit galileischem Ernst: »Er ist doch Korse!« Und da wir ihm diese angeborene Eigenschaft nicht absprechen konnten, beschlossen wir, ihn Mathieu Buttafuoco zu taufen (in Wirklichkeit hieß er Bereni, Gott hab ihn selig), damit wir ihm bei der erstbesten Gelegenheit die Worte jenes berühmten Briefs Napoleons ins Gesicht schleudern konnten, den unser Kamerad aus Marciana im Archiv seines Onkels Saverio abgeschrieben hatte: *Depuis Bonifacio au Cap Corse, depuis Ajaccio à Bastia, ce n'est qu'un chorus d'imprécation contre vous ... Qu'avez-vous donc fait? Quels sont donc les délits, etc, etc.*
Die bissigsten Sätze lernten wir auswendig und trichterten sie auch jenen ein, die uns am bereitwilligsten nachplapperten. Schon hörte man es auf den Gängen flüstern, wenn der Zuchtmeister vorbeiging: *L'histoire de votre vie est connue. Les principaux traits en sont traćes ici en lettres de sang ...* Und am Mittwoch und am Samstag – Tage, an denen der Speisezettel im Zeichen unsäglicher Fleischklößchen stand – lief das Flüstern von Tisch zu Tisch: *Empoisonnés par les aliments, tourmentés par leurs chaines, accablés par les plus indignes traitements.* Wir hatten uns alle in korsische Patrioten verwandelt, die im Turm von Toulon inhaftiert waren und sich vor Hunger und Rachegefühlen verzehrten. Und die Petersilie, die man unter das grauenhafte Hackfleisch gemischt hatte, schmeckte wie Sokrates' Schierling.
Mathieu Buttafuoco, der fast taub war, konnte unser Kauderwelsch nicht verstehen; denn das miserable Französisch des Briefeschreibers litt noch zusätzlich unter den grausamsten Deformierungen, die ihm von den verschiedenen Dialekten, die wir sprachen, zugefügt wurden. Einmal drehte er sich plötzlich hierhin, einmal dahin, als würde ihn eine unsichtbare Schmeißfliege quälen; und die goldene Quaste an der Spitze seiner Hausmütze zitterte und schmiß sich mit ihm herum, und die Schöße seiner beeindruckenden Hausjacke flatterten ent-

lang der flohgrauen Hosen, die so eng waren, wie die Hausjacke weitläufig. Kaum hörte er ein unzufriedenes Gemurre, blieb er mitten im Refektorium stehen; und begann die Augen zu rollen, unter den geröteten Lidern, und zu zwitschern, als säße er anstelle des Käuzchens auf der Jule, mit der die Rotkehlchen angelockt werden. Als sein scheeler Blick auf mich fiel, war es ein Wunder, daß ich nicht zu einem Häufchen Asche verkohlte.
Er haßte mich von Anfang an, er hegte vom ersten Augenblick an eine jener augenblicklichen und unabänderlichen Abneigungen, die einen Menschen anscheinend zur absoluten Verneinung eines anderen werden lassen. Ich spürte, daß ihm schlicht und einfach die Tatsache, daß ich existierte, Unbehagen bereitete, und bei jeder unerwarteten und für ihn unverständlichen Lebensäußerung von mir stieg ihm die schwarze Galle auf. Er hätte sich zu Recht als unbewußter Vorläufer jenes eigenartigen Phänomens aus dem Tierreich bezeichnen können, das die weisen Kritiker später benennen sollten, indem sie nach seinem Vorbild ein Wort mit vielen Füßen und langem Schwanz prägten: »Antidannunzianismus.«
Ich nahm den Kampf freudig auf; und in dem alten Internat in Prato gibt es noch immer welche, die sich daran erinnern und darüber totlachen. Als ich im vergangenen Jahr der Kanzel und meinem ehemaligen Schlafsaal einen Besuch abstattete, fragte mich der liebenswürdige Pedell Carmagnino, der noch immer blühte und gedieh: »Wann schreiben Sie die *Bereneis*? Komme ich auch darin vor? Ich habe es mir wirklich verdient. Ich lese, müssen Sie wissen, gern Verse.«
Carma war als geheimer Verbündeter unheimlich wertvoll. Er überwachte Korridore, Treppen und sonstige öffentliche Plätze mit seliger Nachsicht. Er hockte in seinem Kämmerchen wie ein feister Mönch in seiner Zelle, mit einem Kohlebecken und einer Chianti-Flasche, und drückte hin und wieder ein Auge zu und oft auch beide, denn er hatte nichts anderes im Sinn, als sich zu wärmen, an seiner Flasche zu süffeln und in

seinen Büchern zu blättern; im Bertoldo, Bertoldino und Cacasenno, im Sesto Caio Baccelli, im alten *Vesta-Verde*, im *Barbanera* und anderen berühmten Werken der hohen Literatur; und deshalb konnte er den Stammbaum aller regierenden und aller abgesetzten Herrscher auswendig hersagen, den Kurswert aller Münzen, von der Lira im Wert von hundert Centesimi bis zum Peso im Wert von hundert Centavos, er kannte die Feier- und Fastentage der Israeliten, die natürlichen und sympathischen Tabellen zur Errechnung der Lottozahlen, und vor allem wußte er, wann die Messen und Märkte der Toskana stattfanden, die ihm immer einen tiefen Seufzer entlockten, als entginge ihm mit jedem Tag, den er hier verbrachte, ein fettes Geschäft mit Seidenraupen, Getreide oder Schwarzvieh. Hin und wieder hob er mahnend die Stimme und verkündete im Tonfall eines Sehers: »Kinder, Vulkanausbrüche in Frankreich.« Oder: »Bald, Kinder, wird ein Staatsoberhaupt sterben.« Oder: »Hurricans und schreckliche Stürme, am Festland und auf hoher See wird es zu Katastrophen kommen.« Seine verdienstvollste Tätigkeit bestand darin, uns Naschkatzen mit Keksen und Brotkanten, Kastanien-, Pfefferkuchen und kandierten Früchten zu versorgen: Für mich bestand jedoch sein größter Verdienst darin, den Hauptschlüssel zu besitzen und ein Auge zuzudrücken, wenn ich ihn ihm stiebitzte.
Der Hauptschlüssel war tatsächlich der Angelpunkt meiner Kriegslist. Er war eine Art magischer Schlüssel, der in alle Schlösser paßte und Türen, Pforten und Pförtchen öffnete: ein Doppelschlüssel mit zwei Bärten, der zugleich Hohl- und Einsteckschlüssel war und einen von Gelenken unterteilten Schaft besaß. Carma, der als Adept des Strolago di Brozzi großes Vertrauen in mein Horoskop besaß, wagte es nie, sich mir zu widersetzen; und auch er war ein Vorläufer, jedoch ganz anderer Art: Da er davon überzeugt war, daß mir alles erlaubt war und alles zustand, erfüllte er mir jeden Wunsch. Nicht nur den Dietrich bekam ich, wann immer ich wollte, sondern ich hatte ihm darüber hinaus noch eine Art Gaunersprache beigebracht,

die sich aus Kehllauten, Hüsteln, Klopfen, Augenzwinkern und sonstigen Zeichen und Signalen zusammensetzte und die beim Wachestehen äußerst nützlich war, um Überraschungen zu vermeiden. Er war mein Informant geworden, mein Kundschafter und mein treuer Wachtposten. Zum Dank schmückten scharf gepfefferte Würste aus den Abruzzen und Käselaibe aus Apulien, die so prall waren wie Kuheuter, das Kämmerchen des Carmagnino und verfeinerten seinen Geschmack.

Wie sehr kann doch ein Feind unser Leben verschönern und bereichern, und wie gut verstehe ich doch alle, die unermüdlich und beständig die Kunst pflegen, sich ihre Nächsten zum Feind zu machen!

Der korsische Tölpel hatte keine Ahnung, welche Freude und welche Leidenschaft er bei mir auslöste. Die Gefangenschaft machte mir nichts mehr aus, die Mauern, die der große Jesuit hatte errichten lassen, bedrückten mich nicht mehr, die strenge Stundeneinteilung langweilte mich nicht mehr, und die Disziplin war mir keine Last mehr; denn von nun an legte ich es nur mehr darauf an, die Regeln zu brechen und zu überschreiten, ich lebte einzig und allein für die göttliche Lust, Verbote zu mißachten, und ich machte aus jedem Tag ein leidenschaftliches Spiel, bei dem einzig und allein Schlauheit und Wagemut zählten, und die endlose Flucht von Korridoren, Gängen, Klassenzimmern, Sälen und Treppen erschien mir inzwischen als Königspalast voller Fallen und Hinterhalte, in den ich eingedrungen war, um etwas unendlich Kostbares zu suchen, das mir gehörte und das jeden Augenblick Wesen und Wert verändernd, eine ungebrochene Anziehung auf meine kindliche Neugier ausübte.

Wie viele Türen! Wie viele Türen! Wie viele Schlösser! Wie viele Riegel! Hundert, tausend, zehntausend, unzählige, wie im Märchen, wie in einem Traum. In meiner Phantasie stieg die Anzahl der Schlösser ins Unendliche, waren die Schließvorrichtungen komplizierter und die Fensterläden fester verschlossen, während das Eisen des magischen Hauptschlüssels in meiner Hand sich immer mehr erwärmte.

Indem ich allen wachsamen Augen aus dem Weg ging, begab ich mich auf meinen gefährlichen Rundgang, manchmal allein, manchmal mit Dario, mit dem ich immer mehr einig und der mir immer treuer und lieber wurde. Wir zogen aufs Geratewohl los, wie zwei Straßenräuber in einem unbekannten Schloß, und wir orientierten uns an einer Stimme, einem Geräusch, wir zögerten auf Treppenabsätzen, stürzten uns Hals über Kopf die Treppen hinunter oder hinauf, lehnten uns aus einem Fenster, fanden einander im Dunkel eines Verstecks wieder oder kletterten durch eine Luke aufs Dach.

Und da war plötzlich der Geruch von Wäsche, von Lilien und Ähren! Wir standen an der Schwelle zur Bügelkammer und wir hörten das Getratsche alter Hexen, den Aufprall der Bügeleisen und das Rascheln der Laken.

Und da war plötzlich ein trauriger Geruch, wie von Karbolsäure und Kraftbrühe, von Krankenhaus und Küche. Wir standen vor der Krankenabteilung und spitzten die Ohren, um sicherzugehen, daß Cice, der Krankenpfleger und Gefängniswärter, nicht da war; wir näherten uns auf Zehenspitzen, lauschten an den Türen, und dann betraten wir plötzlich eines der Zimmer und sahen, wie dem kleinen Kranken vor Überraschung Farbe ins Gesicht schoß, wie er sich auf den Kissen aufrichtete, die Hände ausstreckte und uns beim Namen rief. Wir schämten uns, daß wir ihm nichts mitgebracht hatten; wir kramten in unseren Taschen, um irgend etwas zu finden; wir versprachen, mit einer Tüte Bonbons und einem Bilderbuch zurückzukommen. »Du darfst aber nichts zu Cice sagen. Bald bist du gesund. Adieu. Adieu.«

Als wir eine Treppe hinuntergingen, teilten wir mit dem Gesicht die dichte Melancholie, so wie man am Abend den Nebel teilt. Plötzlich drang durch einen Spalt ein heller Sonnenstrahl, fiel auf eine Säule und lief an ihr ab, wie goldenes Wasser, das aus einer Brunnenschale überläuft, in solch reicher Fülle, daß wir uns wunderten, es nicht rauschen zu hören, es nicht schäumen zu sehen. Atemlos und klopfenden Herzens standen wir da, als hätte sich der Frühling hinter dem Pfeiler versteckt und beobachtete uns, mit der kleinen einfachen Blüte zwischen den Lippen, die auf dem Ast des Pfirsichbaums blüht. Durch den Spalt blickten wir auf den Garten, der zum Naturgeschichtskabinett gehörte, das vollgeräumt war mit fossilen Steinen und ausgestopften Vögeln. Ein leises Rascheln verriet uns, daß der Gärtner das Blumenbeet goß. Darios Stirn war glatt wie das Blatt eines Maiglöckchens. Und das Leben in mir war frisch und kühl wie das Wasser in dieser Gießkanne.

Lachend sage ich, wobei ich fast zur Manieriertheit meines liebenswürdigen Lachens und meines gelehrten Spotts von damals zurückfinde: »Ach, Dario, heute würde ich sogar die Sonne von Austerlitz hergeben, sogar das Roß der Aurora würde ich hergeben, das dich im Austausch gegen das Sonnenlicht in sein Pferdereich aufnähme, um noch einmal, eine einzige Stunde lang das verrückte Leben einer Mehlschwalbe ohne Nest zu führen und mit den Flügeln die Dachtraufe zu streifen ... Erinnerst du dich?«

»Allein die Erinnerung läßt mich erschauern«, sagt er, ohne zu lächeln.

»Die Flucht war tatsächlich eine Variation meines Schulthemas. Erinnerst du dich an meine Flucht nach Pistoia, als ich, der Fähnrich, dir die Fahne eingerollt überreichte und dich stehenließ, obwohl du so große Lust hattest, mit mir zu kommen; ich stahl mich jedoch sehr vorsichtig von der Gruppe davon, um im Ospedale del Ceppo della Robbias Fries der »Sieben Werke der Barmherzigkeit« zu bewundern. Und meine zweite Flucht auf den Montalbano werde ich nie vergessen, dem mein von den keuchenden Suchtrupps unzählige Male hinausgebrüllter und von den Spürhunden ohne Spürsinn unzählige

Male hinausgebellter Name wohl besser in Erinnerung geblieben ist als dem Fräulein Gloria. Euch allen voran lief hakenschlagend die Calumnia des Apelles, die ebenfalls davongelaufen war; jedoch von einem Tafelbild Sandros, mit einer Oktave Polizianos auf den Lippen: *Ma io ho vista una gentil donzella Che va cogliendo fiori intorno al monte* ... Aber so war es nicht. Das weißt du. Meine Freiheit wollte in vollen Zügen atmend die Schönheit des ganzen Valdarno umfangen, bis zu den Bergen von Volterra, bis zum Monte Amiata, und am Arno entlang bis ans Meer gelangen, ans Meer, ans Meer! Sie wollte bis zum Turm von Sant'Allucio gelangen, bis zur Ruine von San Giusto, bis zur Abtei von San Baronto. So sehr ihr mich auch gesucht, ihr habt mich nicht gefunden. Ich kehrte zurück, als es mir paßte, ohne mich zu verirren, und ich fand euch wieder. Erinnerst du dich? Ich sagte kein Wort, als die Vorwürfe auf mich niederprasselten. Ich antwortete auf keine einzige Frage. Ich glaube, ich hatte meine Stimme, die der Stimmbruch gerade veränderte, in einer der Apsiden von San Giusto gelassen. Nicht einmal dir gab ich Antwort. Hin und wieder entfremdete ich mich auch dir, wie damals in der Stunde des Aruns, als sich die Geschichte mit dem Jungen aus Carrara ereignete. Wenn ich an deine betroffene und leidvolle Miene denke, empfinde ich noch immer Schmerz. Du schienst mich kaum wiederzuerkennen; und als es Nacht wurde, war mir, als wollte sich der Tag nicht von meinem Gesicht trennen. Erinnerst du dich? Ich hatte meine Fahnenträger-Mütze im Gebüsch verloren. Ich spürte, daß meine entblößte Stirn im Finstern schimmerte wie Meeresleuchten. Ach Dario, wie schön und neu war doch meine Seele, die jetzt von der Wollust des Schreibens verzehrt wird!«

Angstvoll packt er meine Hände; und als er sie drückt, spüre ich, daß seine Handflächen feucht sind und daß seine Handgelenke beben. Seine Not teilt sich mir ungeschmälert mit. Die kümmerlichen Haare auf seinem Kopf, der sich dem meinen nähert, sehen aus wie ein Fell von unbestimmter Farbe. Nackt steht die Angst in seinen wimpernlosen Augen; und von seinen spärlichen Augenbrauen ist kaum noch eine Spur vorhanden. Das Kinn, das früher einmal sein deutlichstes Kennzeichen war, der Knochen des in der Leidenschaft verankerten Willens, ist zu einem armseligen Ding geworden, das unter der Lippe zittert, unfähig, selbst den leisesten Schmerz zu verbergen. Bestürzt und von Mitleid ergriffen, wiederholte ich insgeheim die Frage: »Freund, mein Freund, wer hat dir so weh getan?« Aber eine Befürchtung, die im Finstern immer mehr von mir Besitz ergreift, hindert mich daran zu fragen, und der Gedanke, ein Geständnis zu verlangen, ihm das Geheimnis zu entreißen, widert mich an. Das halbfertige Werk, das ich auf dem langen umbrischen Tisch habe liegen lassen, der massiver ist als die Achse einer mächtigen Weinpresse, mahnt mich unerbittlich. Hin und wieder scheint mir die Wärme des Geistes, ja beinahe der Geruch des Geistes entgegenzuwehen, der hier tage- und nächtelang alle Dinge zwischen den gestrengen Wänden durchdrungen hat, wie Brandgeruch scheint er durch die Flucht der Zimmer zu ziehen. Ich bin dazu bestimmt, ein souveränes Leben zu schaffen, ich bin entschlossen, es zu schaffen, um mich von dem unbarmherzigen Widerspruch nicht überwältigen zu lassen; und auf dem Höhepunkt der noch unerfüllten Mühe hält man mir nun einen schrecklichen Spiegel hin, aus dem mir die Fratze einer erloschenen Freundschaft entgegenblickt! Mein Schaffensdrang verleitet mich dazu, die Fratze neu zu bemalen, die Freundschaft aufs neue zu beleben, die Kraft weiterzugeben, indem ich sie aus dem Überfluß jener fernen Zeit schöpfe, die nun erneut vor mir aufersteht. Und um meine zwiespältigen Gefühle zu täuschen, verspüre ich beim Wiederbeleben und beim Vortäuschen dieselbe Leidenschaft und dasselbe Ungestüm wie beim Leben und beim Schaffen. Ich scheine mich in das wilde Singen und Tanzen des aufgeweckten unbezähmbaren Knaben in mir vernarrt zu haben.

»Bei Sonnenwende möchte ich auf den Montalbano zurückkehren, um einen Meilenstein zu errichten, in den nur ein kurzes Wort eingeritzt ist: *Sibi*; denn alle meine Schritte den Hang hinauf sind mir erinnerungswürdig, als hätte ich sie in mir weitergeführt. Und dafür wurde ich mit acht Tagen Karzer bestraft! Kaum waren wir zurückgekehrt, erschien der Kerkermeister, zeigte mir seinen Schlüssel und forderte mich auf, mein Bündel zu schnüren. An diesem Abend, der soviel Neues für mich bereithielt, lernte ich auch einen neuen Ton der Verachtung kennen. Ich verabschiedete mich von niemandem. Nicht einmal wir beide verabschiedeten uns. Ich hatte jedoch unter meiner Jacke den Meißel verstecken können, der mir schon bei mehr als einer Missetat gute Dienste geleistet hatte. Und heimlich trug ich auch meinen Plan und mein Spiel bei mir.«

Aber warum bloß spüre ich keine Gewissensbisse, wenn ich mich mit derart kindischer Freude daranmache, noch einmal einen Zauber zu erleben, der einzig und allein von mir für mich inszeniert war?

Von meiner Zelle aus blickte man auf die weitläufigen Dächer des Jesuiten-Internats, das in Form des griechischen Großbuchstaben Π angelegt war. Da mich der Kerkermeister Cice trotz seiner Griesgrämigkeit gern mochte, war sie meiner »einzigartigen Grausamkeit und Verruchtheit« vorbehalten. Dies war jedoch nicht nur eine Gnade, sondern auch eine Maßnahme, die verhindern sollte, daß ich mit schlechtem Beispiel voranging, denn aus Rache pflegte ich die weißen Kerkerwände zur Gänze zu bemalen und die dargestellten Episoden mit Inschriften in Gaunersprache zu versehen. Und es war nutzlos, diese Inschriften vom Anstreicher tilgen zu lassen, denn entweder tauchten sie aufs neue auf wie unterdrückte Wahrheiten oder sie verschwanden, und der Platz war frei für neue Rachefeldzüge. »Weiße Wände, das Papier der Verrückten«, schimpfte Cice und schüttelte seinen Ochsenkopf.

Diese Nacht schlief ich tief und fest auf der Pritsche; auf dem Gesicht spürte ich noch die gute Wärme der Sonnenstrahlen vom Montalbano, und auf dem Kissen lag ein Goldregenzweig.

Am Morgen weckten mich die ersten Sonnenstrahlen, die auf meine Lider fielen und mir das Leben durch den Schleier des Blutes hindurch rosig erschienen ließen, bevor ich die Augen aufschlug. Zu Recht hatte Bonaparte über all jene gelacht, die Scipio, Cäsar und Alexander wegen ihres ruhigen Schlafs in der Nacht vor der Schlacht bewunderten, der nicht von höchstem Mut, sondern von größter Müdigkeit begünstigt wurde. Ich hatte in der Tat so friedlich geschlafen wie nie zuvor. Und ohne zu zögern sprang ich auf und lief zu dem vergitterten Fenster über dem Dach, rüttelte daran und beglückwünschte mich zu meiner fachkundigen Arbeit im Verborgenen, zu deren Durchführung ich mehrere Anläufe gebraucht hatte. Tatsächlich wackelten die Stäbe in den Löchern, in die sie eingelassen waren; doch die Reste des Mörtels, den man rundherum wieder geschickt eingefügt hatte, hatten die Vertiefungen verdeckt. Nur das untere Ende der Eisenstäbe, das fest im steinernen Fensterbrett steckte, leistete Widerstand. Und hier konnte mir auch der Meißel nicht helfen.
Als der Kerkermeister kam, um mich ins Klassenzimmer zu führen, und danach, um mich in meinen Kerker über den Dächern zurückzuführen, machte ich einen sanften und ergebenen Eindruck. Es war mir jedoch gelungen, Dario, der neben mir in der Bank saß, ins Ohr zu flüstern. »Zum Unterricht am Nachmittag mußt du mir unbedingt eine Tüte Schießpulver und Sprengstoff bringen, ein Stück festes Papier und ein Knäuel Zwirn. Beauftrage einen der mutigsten Externen damit, vielleicht Pippo Lippo. Tu dein Bestes; bring mir das Pulver.« Und gerade an diesem Morgen ließ uns unser rundlicher Priester einen Aufsatz schreiben, der ein Zitat Senecas zum Thema hatte: »Nil maiores nostri liberos suos docebant quod discendum esset iacentibus. Unsere Ahnen lehrten ihre Kinder nichts, was man im Liegen lernen könnte.« Und ich dachte, diesmal würde ich bestimmt die beste Note bekommen, und als mich der Kerkermeister wieder abführte, murmelte ich, unschuldig wie ein Lamm: »Ecce agnus petulcus.«

Ich erhielt meine Tüte Pulver und den Rest. Mit Hilfe diabolischer Vorsichtsmaßnahmen gelang es mir, alles ungesehen zu transportieren. Kaum war ich wieder in meinem Gefängnis, kaum hörte ich das Knirschen des Schlüssels und des Riegels, wurde ich von einer derart überschäumenden Fröhlichkeit ergriffen, daß ich sogar den Kirchenvätern recht geben mußte, die behaupteten, auf Dauer würde man die Zelle liebgewinnen.

»Knallkapseln werden in allen Formen und Größen hergestellt, um Türen, Palisaden, Barrikaden, Fensterläden und *Fenstergitter* zu sprengen ...« Gemeinsam mit Dario hatte ich die *Aforismi dell'arte bellica* von Raimondo Montecuccoli gelesen, die Ugo Foscolo mit Kommentaren versehen hatte, und es faszinierte mich, an ihm eine gewisse Ähnlichkeit zu Napoleon feststellen zu können, wenn es darum ging, vorauszusehen und vorzubeugen, um alles zu wagen. Ich gestehe jedoch, daß ich die Herstellung von Knallkapseln vom Bäckerjungen in Pescara gelernt hatte, von »lu Funarielle«, der sie zu Ehren des Heiligen Cetteo, eines äußerst knallfreudigen Schutzherrn, in allen Größen und Lautstärken fabrizierte. Nichtsdestotrotz hätte der verzweifelte Belagerer von Neubrandenburg mit mir zufrieden sein können.

Gewiß, in dieser zweiten Nacht schlief ich, nachdem ich alles vorbereitet hatte, weniger tief. Beim ersten Morgengrauen – »wenn die Morgenröte sich verliebt«, wie die Frauen in meiner Heimat, den Abruzzen, zu sagen pflegen – war ich schon auf den Beinen, war ich schon bereit. Das Herz klopfte mir wie verrückt, als ich die Schwalben im versilberten Blau kreischen hörte. War mein Herz eines Kriegers also im Grunde das Herz einer Schwalbe? Während ich noch wartete, daß es sich beruhigte, überlegte ich, welches Risiko ich bei der Explosion auf mich nahm und wie ich es möglichst gering halten konnte.

Endlich knallte es, zum großen Schrecken der Mäuse auf dem Dachboden; die Verankerung im Stein war gelockert; ich brauchte nur ein paarmal an den Stäben zu rütteln, um sie herauszuziehen. Ich lehnte das Eisengitter gegen die geschlossene

Tür; trank ein großes Glas Wasser, steckte mir einen Brotkanten in die Tasche; und sprang frei aufs Dach. Ohne mich aufzuhalten, schritt ich den Dachfirst entlang, Ziegel um Ziegel, mit dem leichten und vorsichtigen Schritt eines sehr geschickten Turners, und entfernte mich immer mehr von dem Ort, an dem man mich gefangengehalten hatte.

Hinter einem Schornstein, aus dem kein Rauch drang und der ein hervorragender Aussichtsposten war, hielt ich inne. Nun brach das Lachen, das bisher von der Aufregung der Flucht und der Schwierigkeit, auf dem First das Gleichgewicht zu halten, unterdrückt worden war, schallend aus mir hervor, so rein, als würde ich mit meiner Fröhlichkeit alles Silber des Morgens über mir zum Klingeln bringen. Zwei oder drei Schwalben flogen so knapp an meinem Kopf vorbei, daß sie mich fast mit ihren schrillen Schreien zu durchbohren schienen. Ich hielt mir den Bauch, um meiner überschäumenden Fröhlichkeit Herr zu werden, die mich zwang, mich vor Schmerzen zu krümmen; kaum stellte ich mir jedoch Cices verblüfften Blick und sein aufgeregtes Kreischen vor, wenn er die Kerkertür aufstieß und das Gitter auf den Fliesenboden fiel, schüttelte es mich aufs neue, und meine Augen füllten sich mit schillernden Tränen, die mir den Blick verschleierten. Die Schwalben kehrten zurück und flogen kreischend an mir vorbei, mit einem Ton, den ich zu verstehen glaubte. Ich trocknete mir die Wimpern: Auf der einen Seite sah ich die Häuser und Straßen der Stadt, auf der anderen Seite – hinter der Mauer, die die Pausenwiese umschloß – das grüne Land. Ich dachte wieder an die Weite des Montalbano; und ich ließ den Blick nicht weiter ins Tal des Bisenzio hinein schweifen, sondern begnügte mich absichtlich mit meinem mit Dachziegeln gepflasterten Reich. Nur die Spitze des gestreiften Campanile, der von Nicolò del Mercia gekrönt wurde, rührte mich, weil sie mir anzeigte, wo sich die Seitenwand des Domes befand und wo die Kanzel hervorragte. »Da hing sie, voller Schweigen, fast wie ein Nest, das von den Nachtigallen verlassen worden ist, auf der Höhe unserer Augen. Sie hing da wie ein Gefäß aus Liebe und Musik, gewiß; wir spürten jedoch, daß sie auch ein Gefäß für einen Geschmack hätte sein können, an das man die Lippen legte wie an den Rand eines Topfes voll dickflüssigem Honig.« Ein paar Augenblicke lang dachte ich an den weit zurückliegenden, windgepeitschten Tag in Prato, ich dachte an die Stunde, in der ich das *Mémorial* erhalten hatte, ich dachte an das Gesicht Darios, das abwechselnd bleich und rot geworden war, an die Heldenverehrung, die unsere bereits abgekühlte Freundschaft aufrechterhielt. Ich wehrte diesen ungelegenen Anfall von Melancholie ab; und ich freute mich darüber, daß ich allein war und auf diese Weise den Tag in Angriff nahm, der wer weiß welche Überraschungen bereithielt.

Die Schwalben flitzten über meinem Kopf hin und her; sie waren immer zahlreicher geworden und begannen nun den Schornstein wie ein Geschwader zu umkreisen, als hätten sie sich auf einen Lockruf der ersten, auf einen Alarmschrei hin versammelt. Nirgendwo sonst auf der weiten Fläche der Dächer konnte ich etwas Alarmierendes entdecken. Ich sah die leere Augenhöhle des Gefängnisfensters; und ich dachte, daß der Krach des Böllers zwar mich betäubt haben mochte, der ich ihn abgefeuert hatte, daß er aber gewiß nicht die Schlafenden geweckt hatte, und den Wachen war er wahrscheinlich wie ein ferner Gewehrschuß erschienen, den ein morgendlicher Jäger abgefeuert hatte.

Die Schwalben erweckten jedoch den Eindruck, als wollten sie mich in die Flucht schlagen wie etwas Störendes und Verdächtiges; und auch eine graue Eidechse, die mich an die Taranteln in meinem Turm in Pescara erinnerte, hatte ich ums Eck huschen und sich verstecken sehen. Vorsichtig und behutsam ging ich um den Schornstein herum und spähte. Und während von der Kirche des heiligen Francesco oder von Santa Maria delle Carceri der Englische Gruß erklang, erschien mir ein derart anmutiges Wunder, daß von meinem Erzengelsnamen das Ave Maria aufstieg, ohne daß ich die Lippen geöffnet hätte.

Am Schornstein hing ein Nest, das absolut keine Ähnlichkeit mit den Nestern hatte, die ich so oft in den Winkeln meinens Vaterhauses und unter dem Gewölbe des Pferdestalls oder des Kellers gesehen hatte und die aus der tonhaltigen Erde meiner heimatlichen Gestade bestanden. Diese halbkugelförmigen Nester hatten ein winziges kreisförmiges Loch, das gerade groß genug war, um dem brütenden Weibchen Durchschlupf zu gewähren, während das Männchen sich am Rand des Loches festklammern mußte. Das wundersame Nest jedoch, das etwas größer und etwas flacher war als gewöhnlich, ein Kugeldrittel, hatte einen langen Spalt, der in mir sofort das franziskanische Bild eines runden Mundes heraufbeschwor, der vor seligem Lächeln bis zur Mitte der Wangen aufgeplatzt war und nun auf immer und ewig den Ausdruck der Glückseligkeit beibehielt. Und so bewunderte ich zum ersten Mal das Lachen eines irdischen Nests, und darüber hinaus etwas, das noch viel wunderbarer war als der lachende Lehm! Vier schwarzblaue Köpfchen ragten nebeneinander aus dem Spalt, vier zarte Schnäbelchen öffneten sich der Reihe nach, in Erwartung der morgendlichen Fütterung, vier Schwälbchen saßen da wie auf einem Balkon! Verblüfft und fasziniert von dieser geglückten Variante der ursprünglichen hängenden Bauweise, warf ich mich flach auf die Dachziegel, duckte ich mich und machte mich so klein wie möglich, um den ganz aus Flügeln bestehenden Wesen, die sich im Flug nähren, die im Flug ihren Durst löschen und sich im Flug baden, und die sogar ihre Jungen im Flug füttern, nicht die Luft wegzunehmen; und in dieser Haltung erkannte ich sofort die Vorteile, die sich aus der Kunstfertigkeit des göttlichen, einfallsreichen Architekten ergaben. Die Jungen waren nicht mehr im Nest eingeschlossen, sondern saßen ordentlich nebeneinander am Spalt, konnten in aller Ruhe gefüttert werden, das Licht genießen, die Luft des Himmels atmen und sich an den »Gesprächen der Luft« erfreuen, wie es der griechische Fabeldichter, der mir in der Schule Phaedrus verleidet hatte, mit toskanischer Anmut ausdrückte. Außerdem mußten die Eltern

nicht mehr abwechselnd ins Nest schlüpfen, um ihre Jungen zu füttern, sie mußten weder Überlegungen anstellen, welches an der Reihe war, noch sie beim unbequemen Geschäft der Fütterung beengen. Indem sie sich unterhalb der länglichen Öffnung anklammerten, konnten sie ihre Jungen der Reihe nach füttern, ohne zu zweifeln und ohne zu irren; und wenn es soweit war, fiel es ihnen auch leichter, die Kühnsten auszuwählen, sie ins Freie zu holen und sie in der Kunst des »angenehmen Fliegens« zu unterrichten, wie es der griechisch-toskanische Fabeldichter formuliert. (*Se credere coelo*, modulierte die Glocke von Santa Maria delle Carceri für die Vogeljungen und für mich, der ich mich in einen Vogel auf dem Dach verwandelt hatte. *Pennis et corde assurgere in auras.*)
Um einer Erinnerung aus meiner Kindheit, während der ich oft die Geselligkeit der sichelförmigen Flügel und der gegabelten Schwänze bewundert hatte, augenblicklich Leben zu verleihen, sie in Gekreische und Geflatter zu verwandeln, hatte ich eine Idee, in der sich Zärtlichkeit und Grausamkeit vermengten. Ich stand auf, riß einen Streifen aus meinem Taschentuch und bedeckte damit vorsichtig die vier blauschwarzen Köpfchen, ich verchloß den ganzen Spalt des Nests und machte die Zipfel an den Enden des Spalts vorsorglich fest, damit es dem Wind und den aufgeregten Jungen nicht gelang, den ungewohnten Knebel zu entfernen. Ohne einen Augenblick zu zögern, begann das Elternpaar kreischend vor Aufregung und vor Schmerz, das hängende Haus ganz dicht zu umkreisen; dann klammerten sie sich immer wieder am harten Lehm fest und versuchten, die heimtückische Binde abzureißen. Die anderen Schwalben, die sich schon vorher, aufgrund eines weniger dringenden Alarms versammelt hatten, schwirrten kreischend um den Schornstein und brachten freundschaftlich ihre Zustimmung und ihre Hilfsbereitschaft zum Ausdruck. Das unglückliche Paar schnellte empor und flitzte, Lockrufe ausstoßend, hin und her. Einige Gefährten folgten ihrem Beispiel und begannen ebenfalls, das ganze Völkchen mit den sichelförmi-

gen Flügeln und den gegabelten Schwänzen herbeizurufen. Und von überallher, von allen Regentraufen in Prato, von allen Schornsteinen, von allen Glockentürmen, von den Bögen der Brücke über den Bisenzio, von den Ufermauern und den sechs Basteien und den fünf Stadttoren – der Porta Fiorentina, der Pistoiese, der Mercatale, der Serraglio und der Santa Trinità – und vielleicht sogar von einer lieblichen Gruppe weizengelber Nester, die in meinen Träumen noch immer wie luftig hingepinselt die Vorderseite des Eckkapitells schmücken, das der Bronzeverkleidung verlustig gegangen war: Von überallher kamen sie geflogen, in mehr oder weniger dichten, in mehr oder weniger lichten Schwärmen. Es waren tausend, es waren zweitausend, es waren dreitausend, es war eine Unzahl von Gefährten: *fraterno more sodales*, ach mein pälignischer Ovid, von ein und demselben Blut wie ich, den es nach Metamorphosen gelüstet! Ich hatte mich wieder flach auf die Ziegel gelegt, auf den Rücken diesmal; und ich betrachtete den Morgenhimmel über mir, der vor Geflatter und Geschrei vibrierte, vor Güte und vor Mut, vor Liebe und vor Wut. Hin und wieder verwandelte sich der Schwarm in einen Baum, der sich nach unten, zum Schornstein hin, verjüngte, und der sich nach oben hin wie eine Baumkrone ausbreitete. Und ich dachte, ich sei die menschliche Wurzel dieses Baumes aus zahllosen Flügeln; ich dachte, diese Gestalt würde dem Zauber meines verzauberten Herzens entspringen; ich dachte, dem raschen Pochen des Blutes an meinen Handgelenken und Schläfen würde das unaufhörliche Vibrieren des einhelligen Flugs entsprechen. *Se credere coelo* sang breit und behäbig die Glocke von Santa Maria delle Carceri: *pennis et corde assurgere in auras*. Und was waren die spitzen Schreie des schwarzweißen Wirrwarrs, die sich über dem lauten Gesang erhoben, wenn nicht die Klangfunken der heiligen Glocke?

Mein kindliches Ohr, das bei der Ankunft der Schwärme im Frühjahr und bei ihrem Abflug im Herbst bereits Äsops »Gesprächen der Luft« gelauscht hatte, erwachte in mir aufs neue, noch feiner und noch empfindlicher für Rhythmus, um die unterschiedlichen Akzente und Ausdrucksweisen des aufgeregten Chors wahrzunehmen, um eine derart dichte und gedrängte Sprache zu verstehen. Empörung, Mitleid, Ratschläge, Einsprüche, Vorschläge, Antworten, Einwilligungen und Anordnungen wurder derart klar und prompt zum Ausdruck gebracht, daß sich manche Klänge wie bewegliche Lettern den Notenzeilen meines Hirns einzuprägen schienen. Ich ahnte, daß sich nun etwas Außerordentliches ereignen würde: Und Angst und Erwartung flatterten an meinen Schläfen wie die beiden Flügelchen des Petasos. Ich bemühte mich, mich zwischen Dachziegeln und Dachpfannen noch kleiner zu machen, mich dem Dachfirst noch besser anzupassen; und infolge des Widerscheins des Himmels und meiner schwellenden Seele weiteten sich meine Augen und färbten sich blau.

Ich schwöre, bei Proknes Rache, daß mein Bericht der Wahrheit entspricht. Ich sah, wie sich ein Teil der Schwärme zerstreute und sich zu einer langen, dichten Kette zusammenschloß, die sich herabsenkte, um ganz dicht am Schornstein vorbeizufliegen, an dem das verletzte Nest hing. Im Vorbeifliegen zupfte jede einzelne Schwalbe an der Binde, so schnell und genau wie bei einem Ringelstechen oder einem Reiterturnier. Ein Hieb folgte auf den anderen. Nach den ersten Versuchen schienen die Schnäbel genauer auf die Zipfel des Fetzens zu zielen; die sich auch tatsächlich einer nach dem anderen lösten. Und nun berührten die restlichen Schwalben in der Kette den leichten Stoff ganz zart mit dem Flügel, hoben ihn empor mit dem Wind, den sie durch ihr Flügelschlagen erzeugten; sie legten die Öffnung des Nests frei und enthüllten die vier benommenen Köpfchen der kleinen Schwälbchen. Und der seraphische Morgen war wie verzückt vom jubilierenden Geschrei hin- und herflitzender Schwalben und vom Schimmer unzähliger weißer Kehlen.

Was hätte nun der Bruder des Königs der Verse seinen Schwestern Schwalben predigen können? Er hätte sie nur lobpreisen können. Und wenn er zum Abschied das Zeichen des Kreuzes gemacht hätte, wie damals zwischen Armano und Bevagno, dann wären die Befreierinnen in vier Schwärmen davongeflogen: der eine in Richtung Morgen, der zweite in Richtung Abend, der dritte in Richtung Mittag und der vierte nach Norden. Meine Schwärme jedoch ließen sich Zeit, schwirrten herum, beglückwünschten sich, parlierten und plauderten, und der himmelblaue, fliegende und sprechende Baum über meinem Herzen löste sich auf und fügte sich aufs neue zusammen, zerstreute sich und wurde wieder eins. Von Santa Maria delle Carceri war beständiges Glockengeläut zu hören, und auch von Santo Spirito und San Francesco und vom Dom: *Se credere coelo – pennis et corde assurgere in auras.*

Ich sprang auf die Beine; und ein wenig wankte ich, als wäre ich betrunken. Die Familie hing am Nest, am Rande des langen Spalts, in dem die kurzen, breiten Schnäbel weit offenstanden, in Erwartung eines tröstlichen Bissens.

Angesichts des Einfallsreichtums des äußerst praktisch denkenden Architekten und der unerhörten Abänderung eines jahrtausendealten Instinkts erinnerte ich mich plötzlich wieder an das Bild eines runden Mundes, der vor seligem Lächeln bis zur Mitte der Wangen aufgeplatzt war und nun die Haltung der Glückseligkeit auf ewig beibehielt. Mein Staunen und mein Glaube schienen den Blümlein aus Umbrien, vom Monte Verna und vom Monte Soldania ein weiteres Blümlein hinzuzufügen. Alle frischen Nester der vagabundierenden Schwalben, in allen Ländern ihrer Pilgerreisen, lachten dasselbe Lachen. Und der Lehm hatte dafür gesorgt, daß sich ein unveränderlicher Brauch wie durch ein Wunder veränderte. Zum Lob des Herrn. Amen.

Den Trommelwirbel, der unseren Tag unterteilte, hatte ich derweil überhört. Ich hatte jegliches Zeitmaß verloren; und es ließ auch nichts darauf schließen, daß man mich inzwischen entdeckt hatte oder gar verfolgte. Aber nun spürte ich, daß das Getrappel der Läuse, der Pauker und Pedanten und der feisten

Mönche unter mir bereits im Gange war. Und ich krümmte und wand mich vor Abscheu, der schlimmer war als jede Übelkeit und jeder Ekel, als wollte ich mich loslösen, entfernen, in die Lüfte schwingen, der Erinnerung entledigen, fast als hätten die Geschöpfe der Luft mich bestraft, indem sie mir in meiner verzweifelten Ohnmacht die ihnen vorbehaltene Gabe aufluden, um sich über mich lustig zu machen. Ich war, wer weiß wie lange – so unendlich lang, wie die traute Stunde des Märchenerzählens dem leichtgläubigen Zuhörer erscheint – zu einem Wesen der Luft geworden. Und in der Erinnerung schien ich einen noch viel traurigeren Anblick zu bieten als der Dudelsack aus meiner Kindheit, der schlaff und welk wurde, wenn der Hirte aus der Maiella vor der leblosen Krippe den Mund vom Blasrohr und die Finger von den anderen Rohren mit den Löchern nahm, was mich immer mit unerklärlichem Mitleid erfüllt hatte. Von sehr weit kehrte bruchstückhaft die Erinnerung an die Musik meines Elternhauses und der Straßen meiner Heimatstadt wieder. Und umgeben von der Musik meiner Heimat und der ganzen Welt litt ich wie noch nie zuvor. Und der Wunsch zu fliehen war wie der Wunsch zu vergehen.
Während ich heute schreibe, um den Schmerz und die Angst zu beschwichtigen, die mir der Kamerad mit den wimpernlosen Augen hierher in diese Schmiede meiner Poesie gebracht hat, denke ich, daß mir die Stunde der Schwalben deshalb erinnerungswürdig ist, weil sich in dieser Stunde die Fäden des lyrischen Knotens, der sich in mir gebildet hatte, mehr und mehr zusammengezogen haben: des Knotens, den aufzulösen ich mich auch heute noch bemühe und den ich zur Gänze auflösen muß, um unzweifelhaft der große Dichter zu sein.
Hatte ich denn vor dieser Stunde das unerforschte Gewirr in mir noch nie gespürt, hatte ich es nicht vom Beginn der Kindheit an gespürt, seit gewissen wissensdurstigen Stunden der abgenutzten Kindheit?
Mein Lieblingsonkel, der im *Triumph des Todes* den Namen Demetrio trägt, pflegte bei Sonnenuntergang mit mir zur Mün-

dung der Pescara und dann rechts zur Adriaküste hinab zu gehen, und ich brauchte nur auf die Schatten der Strandkiefern zu achten, die sich ähnlich wie die Olivenbäume auf den Hügeln verrenkten, als wollten sie damit etwas sagen, und schon begann mir das Herz schneller zu klopfen, ich brauchte nur auf die abnehmenden Schatten im schwächer werdenden Licht zu achten, ich brauchte nur auf das Verlöschen der Schatten im Sand zu achten, der sie aufzusaugen schien wie den leichten Rand der Wellen.
Mein Herz begann schneller zu klopfen und schwoll an vor ineinanderfließenden Rhythmen. Und um mich zu unterrichten, paßte sich mein Verwandter mit trauriger Anmut meinem kindlichen Alter an, und sein Scharfsinn war den Piniennadeln nicht unähnlich, die auf der schäumenden Gischt trieben. Er lehrte mich den Namen des Sterns, der als erster am Himmel aufging. Er lehrte mich den Namen einer Muschel, die dem Meer zu lauschen schien wie das Ohr eines Knaben, der mir ähnlich und blutsverwandt, der jedoch vor mir zur Welt gekommen war. Er lehrte mich, die Mondphase an der Krümmung der Mondsichel zu erkennen, die von der Faust des himmlischen Schnitters hin- und hergeschwenkt wird, um den blauen Wind zu schneiden oder den zarten Flaum der heranwachsenden Wolke. Und er verstand es, den uralten Sprüchen unseres grüblerischen Volkes, den banalsten Sprichwörtern unserer tapferen Landsleute einen neuen Sinn zu geben. Hin und wieder riß ich mich von ihm los, überholte ihn und lief ein Stück voraus, ohne mich umzudrehen, als wäre ich aus einem geheimen Grund plötzlich ungehorsam und undankbar geworden.
Und später, viel später, als ich schon voller Musik war, kam es immer wieder vor, daß ich mich den Saiten in mir zuwandte, so wie sich jene Figuren, Engel oder Dämonen, die bei manchen alten Instrumenten am Ende des Halses in die Schnecke eingelegt sind, dem Geigen- oder Bratschenspieler zuwenden, als wären sie lebendige Gesichter des klingenden Holzes, der auf

geheimnisvolle Weise zusammengefügten Seele. Und ich erinnere mich noch an mein magisches Erschauern in einer Sakristei auf dem Land um Sulmona, am Höhepunkt des Jünglingsalters, als mir ein Landpfarrer zum ersten Mal eine Bratsche in die Hände legte, die er aus einer Art hermetisch abgeschlossenem Kasten genommen hatte; und die im Hals eingelassene Figur, eine Art junger Beelzebub, der sich an Rhythmen berauschte, war plötzlich so lebendig, daß er mir nicht nur die fehlenden Saiten ersetzte, sondern darüber hinaus noch welche hinzufügte, die von meiner kühnen Phantasie sofort erkannt und ausprobiert wurden, nicht ohne unerhörte Konsonanzen und Dissonanzen hervorzubringen, wie sie inzwischen meiner Kunst, die keinen Eingang in die Bücher gefunden hat, wohl vertraut sind.

Da liegt also das Werk, das von dem unheilvollen Vorfall unterbrochen worden ist, während sich das Glas auf dem Blatt Papier langsam abkühlte und sich beinahe in der Farbe des Morgens färbte, die ihm von meinem Geist wie von einer kräftigeren Morgenröte als der wirklichen verliehen wurde. Ich habe nicht das Herz, die Seiten in die Hand zu nehmen, sie umzublättern, sie wiederzuerkennen. Ich neige mein Ohr zu dem Papierstoß, der so empfindlich ist wie die ausgesuchten Hölzer des Lautenmachers, ich neige dieses Ohr, das gewiß schon Sappho behilflich war, ihre Zither zu stimmen, und auch Richard Wagner, die Stürme seines Orchesters zu entfachen und zu beschwichtigen, das sich von keiner Klassik zähmen ließ wie die blutrünstigen Tiere vom scheuen Orpheus.

Ich wünsche mir, daß auch morgen noch, wenn der neue Tag angebrochen ist, die geheime, auf diesen Seiten eingeschlossene Musik ihre Ähnlichkeit mit dem Baum bewahrt, der zu Frühlingsbeginn Knospen ansetzt. Gestern noch war mir, als würde die Musik aus jeder einzelnen Silbe so hervorbrechen, wie in jeder einzelnen Knospe das Drängen der Wurzel tief in der Erde zu spüren ist. Mir war, als ob sich die Frühlingssymphonie bereits ankündigte und bemerkbar machte.

Die Modulationslinie ist schon auf den Lippen des leidenschaftlichen Bläsers vorgegeben, noch bevor er das Instrument ansetzt. Ich erinnere mich an einen Chorengel, der durch den anmutig gespitzten Mund und den wohlbemessenen Atem *die Inspiration einatmete*, während seine bewegten Finger der Flöte bereits Töne entlockten, noch bevor sie auf den Löchern lagen. Spreche ich das Unaussprechliche aus? Oft ist meine lateinische Feder, der Schaft meiner leicht dahingleitenden Feder, eine Rohrpfeife: *levis calamus*.
Hin und wieder, wenn ich innehalte, lege ich das Ende des Rohres an die Lippen, wie einen Finger, der Schweigen gebietet: Und das Holz ist nicht leblos, sondern durchaus empfänglich für menschlichen Hauch, es gehorcht dem menschlichen Atem, es gehorcht dem Hauch des nachdenklichen Gottes.
Ach meine Feder, die in eine der sieben Röhren einer Panflöte eingefügt ist, von der man die Leinenbänder und das Wachs entfernt hat, deren Röhren man auseinandergenommen und zerstreut hat! Und ich glaube, ich habe alle sieben ausprobiert bei meiner nächtlichen Kunst des Schreibens, und alle Arten von Tönen erzeugt, die von den sieben und sieben und nochmals sieben hervorgebracht werden.
Wie sollte mir also hier oben, am First des weiß getünchten Jesuiteninternats, die meinem Wesen angetane Gewalt nicht als eine nicht wieder gutzumachende erscheinen? Ich hatte schon die Hoffnung aufgegeben, all das in mir, was wert war, unversehrt und unberührt, von Bestimmungen und Gesetzen unbeeinträchtigt zu bleiben, vor Ansteckungen und Infektionen zu schützen, vor Verunstaltungen und vor jeder Art von Falschheit und Gemeinheit. Wie im Querschnitt sah ich unter mir die Korridore und Treppen, die Säle, in denen gebüffelt und getobt wurde, die Dormitorien und Refektorien, die Klassenzimmer, die Katheder und die Bänke – ich sah das ganze große Laienseminar, das man gegründet hatte, um die lebendigsten Keimlinge auszutrocknen und abzutöten, ich sah diesen ganzen Pflanzengarten, den man nach dem Vorbild des zweiten Höl-

lenkreises angelegt hatte, um die kräftigsten menschlichen Sträucher in giftige Dornen zu verwandeln, ich sah dieses Kloster ohne Zellen, das jede Einsamkeit und jede Zurückgezogenheit zu verhindern wußte, dieses Konservatorium wohlgeduldeter Gemeinheiten und kaum hinterfragter Blödheiten, diese tägliche Einübung der abscheulichsten Unterwerfung, des unwürdigsten Lasters: das der Gehorsam aus Angst vor Strafe ist, der Gehorsam, der auf Belohnung hofft: der erzwungene Gehorsam. Als ich dann auf der Vorderseite zur Regentraufe hinunterstieg, sah ich, wie sich die Pfaffen des Lehrkörpers, von der Straße gegenüber kommend, über die Piazza schleppten; ich konnte sogar sehen, wie sie sich die Hand mit der gewohnten Geste vor den Mund hielten, um das Gähnen zu unterdrükken, das sich dann während des Unterrichts in ein Nuscheln verwandeln sollte, in eine Litanei hochtönender und aufgeblasener Worte, die Jahr für Jahr unverändert heruntergeleiert wurden; und in meinem Ohr dröhnten die einzelnen Stimmen, ich hörte ihr Kreischen und ihr Stottern, ihre widerlichen Tonfälle und ihre selbstgefälligen Ausrufe, ihren einschläfernden Singsang und den endlos wiedergekäuten rhetorischen Schutt. Die Gemeinplätze steckten in ihrem Schädel, wie Schnupftabak in einer Dose aus Bein oder Holz, man brauchte nur mit Zeigefinger und Daumen eine Prise davon zu nehmen. Ihre Urteile und Vorurteile waren nicht mehr wert als die kugelförmigen Knöpfchen, die zwischen dem Kragen und dem Saum ihres Priesterrocks eine Reihe bildeten, und nicht einmal der großzügigste ihrer Gedanken ragte über den Rand der Tonsur auf ihrem zerkratzten Schädel hinaus. »Morgen werde ich also meinem feisten Priester de' Bocchineri meine kleine Abhandlung mit dem ungewöhnlichen Titel abgeben?« fragte ich mich, und wieder wurde ich von Lachen geschüttelt, einem anderen jedoch als im Morgengrauen. *Nil maiores nostri liberos suos docebant quod discendum esset iacentibus*.

Dies war die Stunde, in der der Unterricht begann, die Stunde der ersten Lektionen. Die mürrischen Pfaffen betraten die Vorhalle, gingen unter dem Emblem des Storchs hindurch und beeilten sich, ihren Platz am Katheder einzunehmen, zwischen Kruzifix und Landkarte, zwischen der Tabelle der Quadratwurzeln und der Schiefertafel, dem »Prüfstein des Geistes«. In diesem Augenblick hörte ich Cice über den Dächern brüllen. Ich drehte mich um und erkannte den Ochsenkopf in der gitterlosen Fensteröffnung; und mit den Armen, die aus dem Fenster ragten, gestikulierte er wild in meine Richtung, der ich wie ein Felsblock dastand, und ich wartete nur noch darauf, daß sich die Furie über die Brüstung stürzte und mir nachgelaufen kam. Der Sprung war jedoch gefährlich, und nicht minder beschwerlich wäre der Weg gewesen, der zu mir führte; und so lachte ich in der sicheren Gewißheit, daß von dieser Seite kein Angriff zu befürchten war, sondern nur Geschrei und unbeholfenes Gefuchtel. Und ich dachte, daß der Contraggènio di Perétola, von meiner Gleichgültigkeit entmutigt, nichts anderes tun konnte als mich zu verpetzen, als den ersten Wutanfall des unechten Mathieu Buttafuoco über sich ergehen zu lassen und hirnrissige Anweisungen zu meiner Festnahme entgegenzunehmen, als zu zögern, sich zu irren und abzuwarten: Als Krankenpfleger und zugleich Kerkermeister schwankte er stets zwischen Unterwürfigkeit und Handschellen. Ich war ganz mit der Überlegung beschäftigt, welche Strategie ich bei meinem Lausbubenstreich nun weiter anwenden sollte; sie vertrieb mir die Angst, klärte mir die Stirn, schärfte mir den Blick und ließ mich schneller laufen. Ich hatte genug Zeit, meinen Plan noch einmal zu überprüfen, die Orte zu begutachten und einen strategischen Punkt auszusuchen; und außerdem hatte ich noch Zeit, mit den schönen jungen Wolken zu liebäugeln, die hinter dem Rücken des Monteferrato aufzogen, mit dem Nordwestwind. Was wußte schon dieser dumme einfältige Sesselkleber, was wußte dieses ganze seßhafte Pack, das mit dem Hintern am Kissen klebte und mit Ausnahme eines absichtlich gewählten Absatzes von Benedetto Varchi und den anderen bisher Genannten nichts kommentiert, geschweige denn in die

Tat umgesetzt hatte, von meiner Kühnheit und Beweglichkeit? »Die Angst ist ein Beben, sagen wir ein Erschrecken des Geistes aufgrund einer augenblicklichen oder zukünftigen Gefahr. Die Angst ist eine Haltung...« Die Heiterkeit überkam mich aufs neue, schüttelte mich und rüttelte an mir wie Windstöße; während ich den Ochsenkopf in der Fensteröffnung verschwinden sah und mir vorstellte, wie er mich mit seinem heiseren Gebrüll verpetzte, während ich mir den ersten »Aufschrei der Entrüstung« der Autoritäten vorstellte, das immer eindringlicher und lauter werdende Gemurmel, das sich bis zum Aufruhr steigerte, während sich die Nachricht von Korridor zu Korridor, von Klassenzimmer zu Klassenzimmer, von Bank zu Bank verbreitete, die Läuse fröhlich murmelten, den Blick von den Büchern hoben und mit Luchsaugen nach oben blickten, um die Decke zu durchdringen und den aufmüpfigen Helden auf dem Dach zu erspähen...

Unter mir befand sich die Schar der scharfäugigen Schüler, die aufgehört hatte, Deklinationen, Konjugationen, starke, schwache und reduplizierende Aoriste herunterzubeten, nicht, um Bänke und Katheder umzuwerfen wie bei einem Signal zur Revolte, sondern um sich die Feder hinter die mit Ohrenschmalz verklebten Ohren zu stecken und sich die mit Tinte bekleckerten Hände zu reiben. Mir war diese Anerkennung, die einem Seiltänzer galt, zuwider, die, von unten kommend, aus den Spalten zwischen den Dachziegeln zu dampfen schien. Ich war ein einsamer und unerreichbarer Gipfel. Ich war ruhig und entschlossen, ohne eine Spur von Prahlerei mir selbst und den anderen gegenüber, und ich verheimlichte mir selbst die Angst vor einer unumgänglichen Notwendigkeit, im Falle, daß ich meine erklärte Absicht ausführen, daß ich meine wohlüberlegte Drohung wahrmachen mußte.

Nachdem ich das Gelände erkundet hatte, wußte ich nun mit Sicherheit, daß dem behäbigen und langsamen Schergen nur eine einzige Dachluke zur Verfügung stand, wenn er auf das Dach kommen wollte, um mich zu bezähmen oder einzufangen: eine Dachluke, die den Dachdeckern vorbehalten war und den Katzen vom Dachboden.

Nun war mein Priester am Katheder gewiß mit seinem Latein am Ende, wenn er erfuhr, daß ich als Fleißaufgabe seinem Seneca ein viel kühneres Zitat als Aufsatzthema entlehnt hatte – *Extrema tegula stat* – und daß ich drauf und dran war, es mit den Füßen auszuführen – *pedibus firmis* –, ohne die Metrik zu verletzen. Mein strategischer Punkt war tatsächlich der Rand des Abgrunds, das äußerste Ende der Dachtraufe. Ich hatte die Festigkeit des Randes ausprobiert, ich hatte überprüft, ob ich noch immer so schwindelfrei war wie als Kind, als ich immer in aller Unschuld die Gefahr gesucht und mit dem Wetterhahn auf dem Kirchturm und der Gallionsfigur auf meinem kleinen Segelkahn Freundschaft geschlossen hatte. Hier, in diesem Teil der Regentraufe, lagen ein bißchen Staub, etwas Erde, ein paar Grashalme, ein paar vermoderte Blätter und das Skelett eines Vögelchens.

Wie schön und freundlich waren jedoch die Wolken, die vom Monteferrato her aufzogen und, strahlend und sich immer mehr häufend, bereits mitten am Himmel standen! Sie wirkten wie Kunstwerke aus der Hand eines spontanen, einfallsreichen, exzentrischen, flinken jungen Künstlers, der sein Handwerk in den Werkstätten der Zyklopen gelernt hatte, in den antiken pelasgischen Werkstätten, bei den Gießermeistern von Samos, bei den Schweißer- und Mechanikermeistern von Chios, in den dorischen Schulen auf dem Peloponnes, in der Schule von Ägina, und auch in der Schule von Athen und in der von Pergamon, und auch bei den Töpfern von Tanagra und Milet, von Mirina und Tarsus, dem jedoch der Himmlische sowohl die Macht verliehen hatte, das jahrhundertelange Studium abzuschütteln, als auch die Gabe, auf immer die Jugendlichkeit des Schülers zu bewahren. Ich erinnerte mich sehr gut an seinen unbekannten Namen, der weder auf der pelasgischen, noch auf der italienischen Windrose aufscheint. Zwischen Leuco und Apeliotes, zwischen Ornitio und Argestes, hieß er Nepheloplastes: Νεφελοπλάστης. Alle anderen Winde blähen, wenn sie blasend dargestellt werden, derart die Backen, daß sie zum Lachen reizen. Er jedoch hatte das Antlitz eines schönen himmlischen Hirten, das wie bei den Konkurrenten des Sängerwettstreits in Syrakus durch die Kunst des Gesanges schmäler geworden war; und seine Lider waren unbeweglich, und seine Lippen lagen ruhig aufeinander, während seine unermüdlichen Hände einen seiner unerhört schönen Wolkenhimmel schufen.

»Was machen Sie hier, mein schöner junger Herr?« Und die honigsüße Stimme des Schergen, der in der Dachluke aufgetaucht war, lenkte mich von der Betrachtung einer Wolke ab, die so göttlich hingelagert war wie der Cephisus auf der Westfassade des Parthenon, und ich antwortete, von Nepheloplastes inspiriert: »Κορυβαντιάω.« Ich war weniger als zwei Schritte von der Dachtraufe entfernt.

Er schüttelte gutmütig seinen Ochsenkopf, mit seinem üblichen Lächeln, das halb benommen und halb verzückt war. Und wie schon oft zuvor, stellte ich auch diesmal fest, daß ich eine Art Zauber auf ihn ausübte, vielleicht wie gewisse flinke Schlangen, die im schmutzigen Stall die Bewegungen der Rinder lähmen.

»Was fällt Ihnen ein! Sie haben vielleicht Launen! So ein Ulk ist uns seit hundert oder vielleicht sogar seit zweihundert Jahren nicht mehr untergekommen, nicht einmal im Traum. Der General Cicognini würde sich mit der ganzen Gesellschaft Jesu im Grab umdrehen. Sagen Sie mir, Herr Gabriello: Wird Ihnen nicht schon langweilig? Es reicht. Gehen Sie mit Ihrem Cice. Alles wird gut. Und bald ruft uns der Trommelwirbel ins Refektorium.«

Offenbar hatte er mir zwar keine goldene Brücke, so doch eine Brücke aus Kandiszucker gebaut, damit ich »heimkehrte zum Bronn, wo ich die Tauf empfangen«.

Noch stärker als sonst wurde mir in diesem Augenblick bewußt, daß ich eine hervorragend gebaute und mit perfekten

Pfeilen geladene Armbrust war und daß ich nach Belieben abdrücken konnte. Kaum hatte sich der Contraggenio gebückt, um den Fuß auf die steinerne Schwelle zu setzen, die an die erste Ziegelreihe angrenzte, stellte ich vorsichtig, jedoch entschieden, beide Füße auf den äußersten Ziegel: *extrema tegula steti.* Der brave Scherge, der sich auch auf das Auflegen von Pflastern verstand, wurde bleich und hielt sich mit einer Geste des Schreckens die Hände vor die Augen. »Um Himmels willen, um Himmels willen, gehen Sie von dort weg. Ich flehe Sie an, auf den Knien flehe ich Sie an.«

»Ach, Cice«, schrie ich, ohne mich von der Stelle zu rühren. »Ach, Cice, bedecke dir ruhig die Augen, aber spitze die Ohren! Hör zu. Wenn du es wagen solltest, dich mir zu nähern, wenn du es wagen solltest, Hand an mich zu legen, stürze ich mich augenblicklich in die Tiefe; und ich weiß noch nicht, ob ich mich an dir festhalten und dich mitreißen soll. Hast du mich verstanden? Schlüpf wieder durch die Dachluke und geh zu dem zurück, der dich geschickt hat, sofort. Ich werde durch das gitterlose Fenster in meinen Kerker zurückkehren, allein und freiwillig, in der Stunde, in der uns das Signal in die Kapelle und zum Abendessen oder zum Schweigen und zur Nachtruhe ruft. Bis dahin soll ja niemand wagen, zu kommen und mich zu belästigen. Ich werde jeden empfangen, so wie ich dich empfangen habe; ich werde jeden behandeln, so wie ich dich behandle. Hast du verstanden? Verschwinde sofort. Von hier, und von nirgendwo sonst, sage ich dir aufrecht: Eins, zwei, drei!«

Der Ochsenkopf, der so grau war, als hätte man ihn im Kochtopf weichgekocht, verschwand ohne zu zögern in der Dachluke, er lief davon in sein Zimmer, um an seinem essighaltigen Riechwasser zu schnuppern. Ich entfernte mich von meinem Standort und ging zu der Luke, fand den Schlüssel, der innen im Schloß steckte, zog ihn ab und sperrte von außen zu; und ich behielt ihn, den Einsteckschlüssel, als Gegenstück zum Hauptschlüssel des Carmagnino. Dies war der Schlüssel der erober-

ten Signoria, auch wenn ihn mir niemand in einer feierlichen Zeremonie kniend auf einem Silbertablett überreichte.
»*Optime*«, sagte ich zu mir mit sparsamem Lob. »Als Belohnung erlaube ich dir, die vier Schwälbchen noch einmal zu besuchen, in ihrem lachenden Lehm, in ihrem wundersamen Nest, von dem in deinen Blümlein nicht die Rede ist.« Ich gestehe, daß nun, auf die Mühen der Anspannung, die Erleichterung der Entspannung folgte; und nachdem ich den Tod herausgefordert hatte, der die Schöpfung nicht kennt, spürte ich einen wilden Lebenshunger, ein beinahe wütendes Verlangen, meinen Hunger mit einem Korb frischgepflückter Früchte zu stillen, meinen Durst mit einem Krug eiskalten Wassers. Ich verging vor Durst, ich starb vor Durst. Ich dachte an das Vergnügen der Schwalben, die mit der ganzen Brust ins Wasser eintauchen, wenn sie Wasserinsekten jagen, und die beim Trinken ganz dicht über der Wasseroberfläche dahinfliegen wie ein springender Stein.
Die vier schwarzweißen Köpfchen ragten noch immer der Reihe nach unbeweglich aus dem Spalt. Das Elternpaar, das auf der Suche nach Nahrung umherflog, entfernte sich nicht vom sicheren Schornstein. Als ich näherkam, hörte ich aufs neue ein Kreischen über mir, als würde das trockene Glas der Luft von einem flüchtigen Diamanten geritzt. Ich weiß nicht warum, aber das Kreischen und die hin- und herflitzenden Schatten schienen das Brennen in meinem Hals noch schlimmer zu machen, schienen meine Qual noch zu steigern; meine Seele blieb jedoch unberührt, der Zauber der frühen Stunde war verflogen, und die klare Frische des Morgens kehrte nicht zurück. Ich war wie enttäuscht. Das Nest lächelte mir nicht mehr zu. Auch vergrößerte das Staunen meines staunenden Herzens das Wunder nicht mehr. Auch gingen meine Gedanken nicht mehr auf im Spiel, blitzten nicht mehr um die Wette mit den schneeweiß schimmernden Kehlen. Ich vermochte in den Erscheinungen nichts mehr zu lesen; und ich verspürte das ängstliche Bedürfnis, in meinem Inneren zu lesen, in meinem tiefsten In-

neren. Irgend etwas Gewaltiges hatte sich in mir ereignet, irgend etwas, das mir wie die Offenbarung meiner wahren Natur, meines wahren Schicksals erschien. Mit gesenktem Kopf kehrte ich an den Ort meiner Prüfung zurück, der da unten zwischen Dachluke und Dachrinne lag. Und auch dieser Ort hatte sein Aussehen verändert. Hinderte mich also mein glühender Wunsch, ständig Neues zu denken und zu erleben, daran, Entspannung und Frieden zu finden, hinderte er mich an Ruhe und Besinnung? In diesem Augenblick nahm das Motto Gestalt an, in dessen Zeichen meine früheste und auch meine spätere Jugend stehen sollte, und das mich gewiß darüber hinaus bis zum Tod begleiten wird: das zweischneidige Schwert, das zugespitzte Dilemma: »Entweder sich erneuern oder sterben.« Aber das Gefühl der Neuheit ist um so kürzer und vergänglicher, je unersättlicher der Geist ist. Die ständige Neuheit des Lebens erfordert nicht nur die riskante Erneuerung jedes Tages, sondern jeder Stunde, jedes Augenblicks. Zu leben, um zu schaffen, ist ein weniger schwieriges Vorhaben als das Gegenteil: zu schaffen, um zu leben. Wenn man sein Leben den Vorgängen in seinem Inneren und der erhabenen Täuschung geweiht hat, die sich aus der Diskrepanz von Sinnen und Wahrnehmungen ergibt, darf die Seele, die sich der Göttin mit der verhüllten Stirn und dem langen Gewand versprochen hat, weder das heilige Feuer hüten, noch ihr Gelübde aufrechterhalten, sondern sie muß ständig das verlöschende Feuer aufs neue entfachen, ständig den Wert der Gabe, die man darzubringen gelobt hat, erneuern: *voti munus, muneris votum*. Der ideale Besitz der Welt hat nicht die Trauer von Sapphos Hochzeitslied zur Folge, nicht die Melancholie des Übergangs, und auch nicht den Zweifel an der unerschöpften Kraft des »großen Fühlens und Glühens«, wie es jener italienische Asket zum Ausdruck brachte, der den Willen mit der Liebe verwechselte und die Liebe mit dem Willen.

Jetzt sah ich auf einmal unten auf dem äußersten Ziegel, den ich zum Spaß als »meinen strategischen Punkt« bezeichnet hatte, die in Stein gehauene Figur meines Willens stehen. Meine wahnwitzige und luzide Tat hatte bereits außerhalb meiner selbst Gestalt angenommen; gehörte nicht mehr zu mir, war abgeschlossen; und sie stand in einem eigenartigen Mißverhältnis zu dem Impuls, der sie ausgelöst hatte. Es gab kein heroisches Motiv, das sie gerechtfertigt hätte. Mein Anlaß war nicht mehr wert als eine kindische Laune. Von höchstem Wert schien mir jedoch die Aufrichtigkeit meines Entschlusses, die Gewißheit, mein Leben am Rand eines wirklichen Abgrunds aufs Spiel gesetzt zu haben, und zwar für nichts, für so gut wie nichts, aus Verachtung für die Banalität der anderen, aufgrund eines Aufflammens meines Stolzes. Alles andere verblaßte und verschwand, wie das Gesicht des Büttels. Blieb nur die Figur, die da unten als Ausdruck meines unerschrockenen Willens, als Beispiel stand. Blieb nur das Bewußtsein, einen eisernen Willen zu besitzen, ein großzügiges Streben nach dem Schönen, und eine grausame Liebe zur Einsamkeit. Wozu diente mir noch dieser häßliche Schlüssel, der zu nichts anderem nütze war als einen kleinen Durchschlupf für Dienstboten zu öffnen? Ich nahm ihn und begrub ihn unter einem Dachziegel. Von nun an besaß ich einen anderen, unsichtbaren Schlüssel, der jedoch alle unbekannten Türen zu öffnen vermochte: die bewachten wie die unbewachten.

Ich war unfähig nachzudenken, unfähig, die vielen anderen dunklen Kräfte, die mich quälten, deutlich zu machen und aufzuzählen. Von irgendwoher, von irgendeinem fernen Ursprung kehrte eine Haltung zurück, die ich in Stunden des Überschwangs einzunehmen pflegte, wie um die Gewalt des Aufruhrs in mir einzudämmen und einzuschränken. Ich stieg wieder zum First empor; und ich setzte mich nieder, wobei ich die Knie bis zum Kinn emporzog und mit den Armen umschlang, und ich krümmte den Rücken und bog den Nacken, so daß mein Kopf wie ein Deckel auf meinen zusammengeschnürten Knochen zu liegen kam. Es war schön, in meinem Körper, der sich aufgrund der Nüchternheit ganz leicht anfühlte, das

Leben sprudeln zu hören, wie aus einer jener liegenden Urnen, die die ewigen Quellen darstellen. Es war schön, diesen Fluß weder abzuleiten, noch umzuleiten, weder zu begradigen, noch aufzuteilen, sondern zu wissen, daß er verborgen und vollständig war, geheimnisvoll und vollständig. Ich kümmerte mich nicht mehr um die Schwalben und die Wolken, um die Geräusche unter mir und die fernen Stimmen, um das, was gerade geschah, um das, was geschehen konnte. Und ganz langsam wurde das Dickicht der namenlosen Formen von der Kunst des Traumes durchdrungen. Die großen Räume, die ich in mir trug, begannen sich um mich herum und vor mir auszubreiten, von keiner Straße, von keinem Ziel durchbrochen. Ich schloß die Augen und verlor das Gefühl für die Orte rund um mich; vergaß den Karzer und vergaß meine Flucht. Allein das Bewußtsein des Raumes blieb mir, das unbestimmte Bewußtsein des Horizonts, des größten Kreises, des äußersten Rands. Ich mußte keinen Weg einschlagen, keinem Weg folgen; vor mir lag keine Wegkreuzung als feierliches Sinnbild, an der ein weißhaariger Richter stand, dem die erhabene Entscheidung obliegt, »die Auserwählten von den Verdammten zu trennen«. In den angezogenen Knien, die ich mit den Armen umfaßt hielt, in meinem ganzen zusammengekauerten und zusammengepreßten Körper, von den nebeneinanderstehenden Füßen bis zum gebeugten Nacken spürte ich jedoch den Impuls aufzustehen und zu gehen.

Da sprach plötzlich irgend jemand meinen Namen aus, brüllte meinen Namen. Irgend jemand klopfte an der kleinen Dachluke. Ich erhob mich sofort; und bei diesem ersten undeutlichen Aufleben überwog ein Gefühl des Zorns. »Wer ruft?« Es war Dario.

»Was willst du?«

»Dich sehen. Mach auf.«

»Ich kann nicht mehr aufmachen.«

»Warum nicht?«

»Ich will nicht.«

»Mach mir auf. Was ist in dich gefahren?«
»Laß mich allein. Verschwinde.«
»Ich bringe dir etwas zu essen.«
»Ich habe keinen Hunger.«
»Ich bringe dir etwas zu trinken.«
»Ich habe keinen Durst.«
»Man hat mich geschickt, damit ich mit dir spreche.«
»Ein Unterhändler reicht. Ich habe ihn weggeschickt.«
»Aber ich bins, ich, Dario.«
»Adieu, Dario. Verschwinde. Ich gehe jetzt.«
»Hör mich an! Hör mich an!«
»Du kennst mich doch. Ich wiederhole mich nicht.«
Da ging ich weg und stieg wieder zum First hinauf. Ein unüberwindbarer Widerwille entfremdete mich selbst meinem Lieblingskameraden, verleidete mir die Freundschaft und verführte mich zu dem Gedanken, die Freundschaft sei eine Fessel, die man sprengen müsse. Und diese plötzliche Härte ließ einen anderen meiner ausgeprägtesten Charakterzüge deutlich hervortreten: den Widerwillen, Hilfe und Unterstützung anzunehmen: Schon als Kind hatte ich, wenn ich fiel, mit Heftigkeit die Hand zurückgewiesen, die sich mir helfend entgegenstreckte, selbst die Hand, die mir am teuersten war.
Auch das Geschehen am Himmel veränderte sich. Abwechselnd laue und kühle, trockene und feuchte Lüfte strichen mir über das Gesicht. Die Schwalben flogen immer tiefer. Vom Monteferrato her war ein abgehacktes Donnergrollen zu hören, als ob Granitblöcke und Serpentinfelsen ins Tal stürzten. Die Werke der Schönheit waren verstümmelt oder vernichtet, als wären sie einer barbarischen Zerstörungswut zum Opfer gefallen. Adieu, Nepheloplastes, Bildhauer der Schwerelosigkeit, der du dich so gut darauf verstandest, den ganzen Marmor aus dem Tal des Alpheios im Nu in vergängliche und strahlende Materie zu verwandeln! Ein Barbar schien ihn abgelöst zu haben, der Schläuche aufblies. Die Wolken türmten sich übereinander und wurden immer dunkler. In meinem ausgetrockneten

Mund fühlten sich die Windstöße immer kälter an, sie wurden mit jedem Augenblick gleichförmiger und heftiger und schmeckten nach Regenwasser.
Da wurde meine Seele aufs neue von den Dingen überwältigt, ging auf in der ängstlichen Erwartung des Sturms. Mein Durst machte mich zu einem Ebenbild seiner selbst, zu einem Ebenbild des Brennens in meiner Kehle, er ließ mir nichts anderes, wie in der Wüste, wenn nichts mehr zählt als die Quelle, die man entdecken könnte, oder der Brunnen, den man erreichen müßte, wenn das ganze eingedickte Blut nicht mehr so viel wert ist wie ein Tropfen Wasser. Die Wolken wurden immer dichter und hingen immer tiefer, so daß ich mich ausstreckte, in der fiebrigen Hoffnung, ich könnte eine erreichen, sie packen, herunterziehen und auspressen, so wie die Hände der Dürstenden den Schlauch auspressen, der nicht genug Wasser enthält für einen Durst, der so groß ist, daß ihn nicht einmal ein Fluß zu löschen vermöchte.
Beim Anblick des fliegenden und sprechenden Schwalbenbaums am frühen Morgen hatte mir der Atem weniger die Brust geweitet als jetzt das verzweifelte Verlangen meine geöffnete Kehle. Meine Atemzüge waren wie die auf dem Montalbano, es war der panische Atem meiner Sinnlichkeit und meiner Poesie, imstande, einen Raum an sich zu ziehen, der größer war als der, den der Blick durchmessen hatte. Unter den fernsten himmelblauen Wolken erkannte ich am Farbton jene, die das meiste Wasser enthielt, die am stärksten mit Regen vollgesogen war; und die blaue Nässe drang mir bis ins Innere meines Herzens. Als der Wind kurz innehielt, wurde ich flach und glatt wie eine Schieferplatte auf dem Dach, die dem ersten Regentropfen ausgesetzt ist. Ein schwarzer Pfeil flüchtender Schwalben tat mir kund, daß in der Ferne bereits eine Regenwolke geplatzt war, und beschleunigte ihr Aufziehen. Und so war mir der Durst eine greifbare Qual, eine Art mimetisches Delirium, das dem Beginn einer meteorischen Metamorphose ähnlich war.
Ach, Verkündigung und Erwartung, Bedrängnis, alle Grenzen

sprengende Herrschaft! Mit einem Mal ergoß sich die Regenwolke, als ob sich eine Schleuse geöffnet hätte und die Wassermassen dahinter hervorgebrochen wären. Noch bevor ich meinen brennenden Durst stillen konnte, noch bevor ich einen Schluck aufgefangen hatte, war ich naß bis auf die Knochen. Ich hielt das Gesicht nach oben, um meine Lippen zu benetzen; doch in meinen Augenhöhlen sammelte sich mehr Wasser als auf meinen Lippen. Ich bückte mich; streckte mich der Länge nach auf den Ziegeln aus, richtete mich ganz nach den kleinen Bächen, die auf ihrem Weg nach unten, in Richtung Dachtraufe, bereits anschwollen; ich legte den Mund in den Spalt zwischen den Dachziegeln, und benutzte meine Zunge mit der Schlauheit eines Tieres, um Schmutz und Schutt beiseite zu schieben, die der Sturzbach mit sich führte, ohne Ekel zu empfinden, wo ich mich doch sonst vor so vielem ekelte. Unter Zuhilfenahme von Händen und Füßen rutschte ich bis zur Dachtraufe hinunter; und ich versuchte, mich so hinzulegen, daß ich den Kopf über den Rand beugen konnte. Meine Haare waren inzwischen so klatschnaß, daß mir das Wasser über die Wangen in die Mundwinkel lief, und auch meine Ohren waren schon voll Wasser. Als ich mich schließlich mit dem Gesicht über den Rand beugte, sah ich, daß die Dachtraufe reingewaschen war und daß das blanke Metall zu sehen war. Die Bäche schienen weniger trüb zu sein. Mit der Gefahr wuchs auch meine Geschicklichkeit. Zuerst benutzte ich den Leinenstreifen, mit dem ich zuvor den lachenden Lehmmund geknebelt hatte; ich tunkte ihn ein und saugte daran, ich tunkte ihn ein und preßte ihn aus. Aber der Wolkenbruch wurde immer heftiger und ungestümer. Mir war, als müßte mich der Sturzbach jeden Augenblick mit sich reißen. Das Wasser drang bei den Beinen ein und lief mir bis zum Rücken, bemächtigte sich meiner Haut, als wollte es mich aus meiner armseligen Hülle schälen und mich grausam entblößen. Aber das Wasser, das über meinen Körper lief, vermochte meinen Durst nicht zu löschen, schenkte mir nicht die Wonne, einen langen Schluck zu nehmen, der von der Kehle bis zu den Fersen zu rinnen scheint. Ich verankerte meine Zehen an einem Vorsprung, von dem ich nicht wußte, ob er mich tragen würde. Ich drückte den linken Vorderarm fest gegen die Brust, mit der ich auf den Ziegeln lag, und versuchte, mich mit dem Ellbogen sicher aufzustützen. Da es jedoch unmöglich war, mit beiden Händen Wasser aus der Blechrinne zu schöpfen wie aus der Quelle von Bandusia, machte ich den rechten Arm frei, um das Wasser in einer einzigen hohlen Hand aufzufangen. Wie schön ist es doch, wenn einem der Mut einen ganz klaren Verstand verleiht und man am Rande des Abgrunds spürt, wie die Geistesgegenwart die jungen Muskeln, die feststellen, daß sie die eines jungen Tieres sind, zuverlässig anweist und führt! Der Regen strömte nun so heftig, daß es mich zur Verzweiflung trieb, das Wasser nicht in einem langen Schluck hinunterstürzen zu können, sondern es »in kleinen Schlückchen« trinken zu müssen, wozu uns der ungehobelte Erzieher im Refektorium immer anhielt. Beinahe, als ob die Nässe meine Gelenke schmieren würde, fiel es mir jedoch leicht, die Hand immer wieder so schnell an den Mund zu führen, daß eine hohle Hand fast wie zwei hohle Hände war und ich so gut wie einen einzigen langen Schluck machte: Sobald das erste Schlückchen die Kehle hinunterlief, netzte mir schon das nächste Schlückchen die Lippen. Ein paar Augenblicke hielt ich inne, als wollte ich meinen Durst befragen und um den festen Halt meines linken Ellbogens zu überprüfen. Hätte ich den Halt verloren, wäre mir gewesen, als würde ich im Flug trinken wie die Schwalben, als würde ich über die Regenwolke dahingleiten und über den regenverhangenen Tod. Als mein Durst mir jedoch zu verstehen gab, daß er noch nicht völlig gestillt war, nahm ich mein akrobatisches Trinkmanöver wieder auf. Unversehrt zog ich mich dann zurück, indem ich genauso geschickt rückwärts kroch; und als ich innehielt, holte ich unter dem strömenden Regen so tief Luft, als wäre ich in meinem Meer nach langem Schwimmen unter Wasser wieder aufgetaucht; und mit einer Drehbewegung schwang ich mich

gekonnt nach oben wie der Zeiger einer Uhr; etwa jener berühmten Uhr, die Lorenzo della Volpaia am Arnoufer aufgestellt hatte. Ich drehte mich vom Bauch auf den Rücken. Ich lag nun in der Nähe des Firsts und paßte meinen Körper der Neigung der Dachziegel und der herabschießenden Bäche an, während ich das Gesicht dem niederprasselnden Regen darbot, der mich nicht aufgeweicht hatte wie ein Bündel Jute oder Leinen, sondern wie ein biegsames Bündel Weidenruten. Ich war jedoch derart glücklich, eine herrlich tierische Grausamkeit in mir zu spüren, daß ich endlich wieder zu lachen begann, aus Verachtung für meine Ähnlichkeit mit einer Pflanze, wo ich doch lieber ein Otter gewesen wäre oder ein Regentraufen-Biber. Und lachend erinnerte ich mich an die unbarmherzige Parodie von Dantes *Inferno*, die ich gemeinsam mit Gian da Luni verfaßt hatte, als Strafe für die Läuse und die Pauker; und ich begoß zwei Verse Dantes, indem ich sie mit lauter Stimme aufsagte, mit Lippen, die vielleicht schon blau waren: *Wie sich auf dummes Flußwild zum Gejaid – der Biber ansetzt*...
Mein »Gejaid« war noch nicht zu Ende, ganz im Gegenteil, es hatte eben seinen Höhepunkt erreicht. Ich mußte mir unverzüglich etwas Neues einfallen lassen, eine geheime Kriegslist zu Hilfe rufen. Ich war naß bis auf die Knochen. Meine klatschnassen Kleider klebten auf dem feindseligen Dach wie jene naßglänzenden Ablagerungen, die überall die braunen Ziegel verunzierten und sie noch rutschiger machten. Da mir der Regen, der mir auf die Lider prasselte und mir in den Augen weh tat, unerträglich geworden war, drehte ich mich vom Rücken wieder auf den Bauch, und mit der Bewegung eines Bibers hievte ich mich zum First empor, streckte mich der Länge nach aus; stützte die Ellbogen auf und legte die Handflächen an die triefende Stirn, als würde ich nachdenken, wie ein Heerführer Alexanders, wie der Führer einer makedonischen Phalanx (um Dario zu ärgern?), der sich nach dem Sieg von Arbela überlegt, wie er den Euleos durchwaten und in die Ebene von Persepolis vordringen könnte, während er glänzend vor Öl auf

einer Stadtmauer von Susa steht, die von goldenen Dareiken übersät ist.

Lieber mit dem Öl eines Gymnasiasten gesalbt sein als klatschnaß vom niederprasselndem Regenwasser. Am liebsten hätte ich mir die Kleider vom Leib gerissen und sie dem Sturm hingeworfen. Jeder Windstoß ließ sie auf meiner nackten Haut zu Eis werden und ließ mich erschauern.

Wie ich mir so verzweifelt den Kopf zerbrach, um eine wirkungsvolle Kriegslist zu finden, nahm ich die Hände von den Schläfen, drehte die Wange zum rechten Arm hin, den ich nach vorne ausgestreckt hatte, während der linke hinter mir lag und zufälligerweise angezogen war, und stellte fest, daß ich meine bevorzugte Schwimmhaltung eingenommen hatte. Die Qual und die Müdigkeit hatten mich zahm gemacht, hatten meinen Willen, mich aufzulehnen und weiterzukämpfen, geschwächt; und meine Seele wandte sich den Bildern meiner fernen Heimat, meines fernen Zuhauses zu. Ich schloß die Augen, die tränten, als ob ich weinte; und ich veränderte nicht meine Stellung, die meinen Traum vom Meer wirklicher erscheinen ließ. Ich lag nicht mehr auf dem feindlichen First, sondern am Kiel einer gekenterten Fischerbarke, die in der Adria trieb; und ich war schon drauf und dran, mich in die Fluten zu stürzen, ohne mich um die schiffbrüchige Barke zu sorgen, denn ich hatte einen Schwarm mir verwandter Delphine entdeckt, deren gekrümmte Rücken bei jedem Sprung glitzerten. Nachdem ich lange geschwommen war, wurde mir kalt. Ich kraulte heftiger und erreichte das Ufer. Und es war eine außergewöhnliche Wonne, mich im glühenden Sand zu wälzen, mich im kochend heißen Sand zu vergraben.

Ich öffnete die Augen. Meine Zähne begannen zu klappern. Der Regen prasselte noch immer auf mich nieder. Mit Wasser in den Wimpern betrachtete ich das gitterlose Fenster des Karzers. Ich versuchte mich aufzurichten; es war jedoch äußerst schwierig, auf den verdreckten und klatschnassen Ziegeln zu gehen. Zwei- oder dreimal rutschte ich aus, und fast hätte ich die Regentraufe ein letztes Mal gestreift, fast wäre ich über sie hinausgeschlittert. Während ich mir das Knie rieb, das ich mir angestoßen hatte, begann ich über mein Unglück zu lachen, für das ich als braver Matrose aus den Abruzzen den bösen Blick Mathieu Buttafuocos verantwortlich machte. »Wo sind meine Delphine *super aequora curvi*? Wenn ich ohne Arions Zither und Lorbeer vom Kiel dieser verdammten Barke hinunterfalle, ist es gewiß, daß ich auf dem Cicogna-Platz keinen rettenden Delphin vorfinde, und wahrscheinlich nicht einmal eine Bahre!« Ich mußte mich damit abfinden, es noch einmal Dantes Biber nachzutun, auf Händen und Füßen zu laufen, wobei ich mich über jenen großartigen Rebellen lustig machte, der sich am frühen Morgen auf dem noch unerforschten Dach ständig im Gleichgewicht gehalten hatte. In meinen Ohren, die voller Wasser waren, dröhnte die extrem nasale Stimme meines Priesters, die den heiligen Worten einen höhnischen Klang verlieh: *Sic transit gloria mundi*. Als ich den Kopf schüttelte, um meine verstopften Ohren vom Wasser zu befreien, als wäre ich aus dem Meer auf den glühenden Sand getreten, gab es mir einen Stich ins Herz.

Übelkeit und extreme Erschöpfung dämpften den Aufruhr in meinem Inneren, hüllten sogar den Karzer in einen gnädigen Schleier. Es war eine qualvolle Mühe, über die Brüstung zu klettern, über die ich am Morgen so behend und kühn gesprungen war. Ich kehrte zurück. Die Zelle war leer; die Tür war verschlossen; das herausgerissene Gitter lehnte an der Wand. Mit einer letzten Anstrengung packte ich das Gitter und lehnte es wieder gegen die Tür. Ich weiß nicht, woher ich die Kraft nahm, mir die klatschnassen Kleider vom Leib zu reißen, die mir auf der Haut klebten; noch weiß ich, woher ich die Kraft nahm, mir zumindest das Gesicht abzuwischen. Ich streckte mich auf der Pritsche aus; wickelte mich in die aschgrauen Wolldecken; rollte mich zusammen; und nahm auf dem Hinterhaupt den Keulenschlag des Schlafs, des Bruders des Todes, entgegen.

Als ich nach wer weiß wie langer Zeit aus abgrundtiefem Schlaf auftauchte, als ich mich dehnen und die schmerzenden Glieder ausstreckten wollte, stellte ich fest, daß mich irgend etwas behinderte. Mit einem Strick hatte man mich an den Armen und an den Fesseln – nackt! – an den Eisenstäben der Pritsche festgebunden. Ich konnte mich nicht zurückhalten, im Dunklen laut zu lachen, so absurd und töricht erschien mir mein Martyrium. Cice steckte eine brennende Lampe und seinen Ochsenkopf, der wieder Farbe angenommen hatte, durch den Türspalt, und sagte: »Er wacht lachend auf. Ein gutes Zeichen!«

»Ich lache, du Ochse, weil du mich zum Märtyrer bestimmt und mir somit das Himmelreich eröffnet hast.«

»Das haben Sie dem Aufseher Bereni, dem Schwachkopf, zu verdanken, wie nennt ihr ihn bloß?« antwortete Cice, als er näherkam.

»Schwachkopf Buttafuoco, genauso. Aber wer hat mich festgebunden?«

»Ich mußte gehorchen. Sie haben tief und fest geschlafen, wie ein Toter. Nicht einmal ein Seufzer!«

»Du bist ein Scherge, ein Büttel, ein Häscher; aber du taugst weder zum Festnehmen noch zum Festbinden. Ich, der ich heute ein Regenwasser-Matrose bin, in Vergangenheit jedoch ein Salzwasser-Matrose war, kenne einen Knoten, der in der Sprache der Seeleute *birro* heißt wie du und der die Form einer Schlinge hat, so daß man das eine Öhr der Bucht durch das andere ziehen kann...«

»Aber ich bitte Sie« unterbrach mich der Gehänselte.

»Dieser Buttafuoco mit der Hausmütze auf dem Kopf hat keine Phantasie, der blinde Tölpel. Ich hätte dir befohlen, mich wie den Heiligen Lorenz an das Gitter zu binden. Wer zum Schwert greift, wird durch das Schwert umkommen.«

»Verspotten Sie mich nicht, ich habe Sie doch gern. Kommen Sie mit mir mit.«

»Wohin?«

»In die Krankenabteilung, dort haben Sie alles, was Sie brauchen: Sie können sich umziehen, trinken, essen, zwischen zwei Laken schlafen. Sie werden schon sehen, Sie werden Fieber bekommen wie ein Pferd.«

»Wie ein Löwe. Jetzt zeige ich dir, wie ich mich von den Fesseln befreie.«

»Kommen Sie mit, Herr Märtyrer vom Dach. Lassen Sie sich von Cice befreien.«

Ich wurde losgebunden. Und der kräftige Contraggenio ließ es sich nicht nehmen, mich, in eine Wolldecke eingewickelt, auf den Armen zu tragen. In der Krankenabteilung kümmerte er sich auf jede erdenkliche Weise um mich; während die kleinen Patienten in den Zimmern nebenan flüsternd und tuschelnd meinen Namen erwähnten. Vom Bad übersiedelte ich ins Bett. Wie der verlorene Sohn wurde ich gekämmt, trockengerieben, gestärkt und gelabt.

Aufrecht im Bett sitzend, mit Kissen im Rücken, stocherte ich gerade traurig und lustlos in den Speisen auf einem Bettablett herum, als ich sah, wie sich Cice zur halboffenen Tür umdrehte, wo etwas wie ein schüchterner Schatten hereinschlüpfte.

Unsicher fragte ich: »Wer ists?«

»Ihr Kamerad«, antwortete der Krankenpfleger leise.

Dario schluchzte am Fußende des Bettes, das Gesicht in den Händen vergraben.

Dario ist noch immer da, sitzt mir gegenüber, und sein verwüstetes Gesicht ähnelt dem Gesicht von jenem Abend, wie ein junger brennender Schmerz einem alten gedemütigten Schmerz ähneln kann. Meine dritte Flucht, die mir in der Erinnerung so deutlich und greifbar vor Augen steht, ist für ihn nichts anderes als ein leichtfertig eingegangenes Risiko, wenn nicht gar ein schlimmes Bubenstück, wie es meine stockenden Worte nahelegen, die nichts von dem tiefen Aufruhr in meinem Inneren ahnen lassen, nichts von der nur für mich spürbaren Offenbarung, nichts von meinem nur für mich spürbaren Gewinn.

»Als du in den Schlafsaal zurückkamst – erinnerst du dich? –, war der Platz des armen Stuart aus Modena besetzt«, beginnt nun Dario zu sprechen, mit verzerrtem Mund und bebender Stimme, und in seinem ganzen Äußeren liegt irgend etwas Schuldhaftes und Uneingestandenes. »Mich wollten sie nicht auf seinen Platz setzen, sondern sie versetzten mich, aus Angst, wir könnten uns wieder zusammenrotten. Statt dessen setzten sie einen anderen hin, der lispelte und in dem Verdacht stand, zu spionieren: er stammte aus den Eisenhütten von Cutigliano.«

Aufs neue schnürt mir eine geheimnisvolle Angst die Brust ein. Obwohl es mich schmerzt, mich verstellen zu müssen, antworte ich mit bemühter Ungezwungenheit: »Du vergißt, daß er, um sich bei dir und bei mir beliebt zu machen, die historische Nachricht, die sich im Palazzo Pretorio von Cutigliano befindet, abgeschrieben und an seinem Regal befestigt hatte: *Al tempo di Giovanni Filippo di Mario Bonaparte di San Miniato Capitano della Montagna dal 1742 al 1745*. Und als ich in den Saal zurückkam, begrüßte er mich mit dem Namen eines der beiden kühnen Feldherrn, die in seinem Dorf zur Welt gekommen sind – *Hauptmann Mattana!* – Und sich selbst nannte er, lispelnd, beim Namen des anderen: *Hauptmann Santuccio*.«

Darios Gesicht hellt sich nicht auf, lächelt nicht. Er stammelt: »Ein paar Tage später, als sich das Gerücht verbreitete, man würde dich wegen deines Benehmens von der Schule weisen, wurde dir dein Grammatikbuch gestohlen ...«

»Wie eigenartig du doch bist, Dario! Der Vorfall mit dem Grammatikbuch hat dich offenbar mehr beeindruckt als der Vorfall mit der Dachtraufe.«

Und er dreht sich auf den Kissen des Diwans zur Seite und preßt das Taschentuch an den Mund, von einem Anfall seines todbringenden Hustens geschüttelt.

»Dario! Dario!«

Mir ist sein schmerzliches Beharren auf diesem gemeinen und eigenartigen Vorfall unverständlich. Der Knabe, der jetzt das Regal neben mir besaß, ein Schüler aus meiner Klasse, kleinwüchsig und schon frühzeitig fettleibig, der lispelte und dessen starrblickende Augen so hell waren, daß die Iris wie verblaßt und erloschen erschien, hatte zwar keine Ähnlichkeit mit seinem Vorgänger, war jedoch von derselben erbärmlichen und degenerierten Art. Der kurze Abstand zwischen meinem und seinem Tisch war für mich nach wie vor von Unruhe und Trauer beherrscht, wie zur Zeit des kleinen, in seiner Ehre gekränkten Königs, der in seiner Schublade eine weiße Maus mit roten Augen und unbehaarten Pfötchen gehalten hatte. Eines schönen Tages war die renommierte und inzwischen höchst seltene Grammatik des Pater Salvadore Corticelli – *Regole ed Osservazioni della Lingua toscana, ridotte a metodo per uso del Seminario di Bologna, 1745* – aus meinem Bücherregal verschwunden. Für meine penibien Studien schätzte ich besonders das hervorragende zweite Buch – *Della costruzione toscana* – über den toskanischen Satzbau. Ich suchte sie umsonst und erkundigte mich eingehendst bei meinen Tischnachbarn. Gian da Luni stellte jedoch eine leichte Röte auf dem gelblichen Gesicht des Lisplers aus Cutigliano fest. Er machte sich die Stunde zunutze, die wir zur Erholung im Hof verbrachten und während der das Studierzimmer leer blieb, und durchwühlte das Regal des »Lisplers von der Lima«; und ganz hinten im obersten Fach des Regals fand er gut versteckt das gestohlene Buch. Er ließ es in seinem Versteck, um die Beschuldigungsszene noch grausamer zu gestalten. Kaum waren alle Zöglinge zurückgekehrt, beschuldigte er unverzüglich den kleinen Dieb, stellte ihn bloß und brachte ihn in Verlegenheit; er stellte sich auf einen Schemel, zog den Band ganz hinten aus dem Fach; und sagte, indem er ihn mir reichte: »Ist es nicht das?« Ich sagte: »Sei nicht so grausam, Aruns. Du mußt die Liebe zum toskanischen Satzbau verstehen und entschuldigen bei einem, der dort zur Welt kam, wo Filippo Pananti und Giuseppe Tigri Luft und Sprache in ihrer reinsten

Form einsogen, und Niccolò Tommaseo sich am Gesang der Beatrice di Pian degli Ontani erfreute.« Spott dem Spötter. Ich verspürte jedoch eine Traurigkeit, die sehr viel bitterer war als jene, die ich beim Anblick des ehemaligen Kameraden empfunden hatte, der sich schweigend die weiche, bleiche Backe abwischte, mit dem Blick und der Geste eines von einer Wahnidee Besessenen. Tatsächlich gibt es nichts auf Erden, das schauriger wäre als in manchen Augenblicken die Schaurigkeit eines menschlichen Gesichts mit verzerrten Zügen. Und jetzt, nach zwanzig Jahren und mehr, erinnere ich mich wieder an den gräßlichen Anblick, den das Gesicht des Geständigen angesichts der unbarmherzigen Läuse bot: bleich und schwammig wie ein Beutel aus Schweinefett, stotterte er vor angestrengtem Lügen und lispelte auf seine lächerliche Weise und rang nach Luft, und seine runden Augen schienen unter den blinzelnden Lidern zu zerfließen wie zwei zerquetschte Weintrauben. Nach zwanzig Jahren und mehr gesellt sich der arme Hauptmann Santuccio in meiner schmerzlichen Erinnerung zu dem kleinen bleichen König, der sich immer wieder die schmachvolle Spucke von der Backe wischt, die mit jedem Mal schlaffer und welker wird.
Ich springe auf. Aufgrund derselben Angst lasse ich Blick und Seele zu einem der beiden *Prigioni* schweifen, die Michelangelo in Stein gehauen hatte, um sein Unglück auf immer und ewig zu begraben: Zu *Giovine*, der den linken Arm über den Kopf erhebt, während die musischen Finger der anderen Hand unter der Brust liegen, und er ist schön wie Orpheus, der die Pektis zerbrochen hat und nun vor dem Tor des Hades steht, um mit seiner verzweifelten Schönheit den Schmerz aller Verluste zu tragen. Er steht neben dem Cembalo. Zu seinen Füßen liegt die Totenmaske des Helden der neun Symphonien, auf einem Stück roten italienischen Samts, der seine Glut nunmehr seit mehr als vier Jahrhunderten bewahrt.
»Komm, Dario. Steh auf. Trink mit mir eine Tasse Tee, dort, wo ich sie zu dieser Stunde immer trinke: an meinem Arbeitstisch. Gehen wir.«

Beinahe unwirsch helfe ich ihm auf. Ich vermeide es, ihn anzusehen. Der verzweifelte Mensch, den ich an der Hand führe, leidet, weil er sich nicht mitteilen kann. Ich ahne, daß wir beide einer unvermeidlichen Prüfung entgegengehen. »Ja, hier arbeite ich also fünfzehn, achtzehn Stunden lang, ohne Unterbrechung, jeden Tag. Sehr schön, jedoch höchst selten ist jene Patina, die einzig und allein durch die beständige Wärme des Gehirns entsteht. Bevor ich hier eingezogen bin, war diese Holztäfelung nicht so prächtig.«
Die Holztäfelung des Zimmers stammt vom Chorgestühl einer Sakristei. Links und rechts neben dem Kamin stehen zwei große Lesepulte an der Wand, die aus Santa Maria Novella stammen. In der Mitte befindet sich ein großartiges Chorpult, das ich wie durch ein Wunder im Sienesischen gefunden habe: wahrhaftig die sinnlichste Wonne, die sich in meinem Haus befindet, das ich als mein Ebenbild gestaltet habe, die köstlichste simonistische Kostbarkeit, noch warm vom Gottesdienst: ein Material, das ein Mittelding ist zwischen dem Holz des katholischen Okzidents und der Bronze des fernsten Orients, von einem unbeschreiblichen, rötlich schimmernden Nußbraun, die Oberfläche mit der Einlegearbeit ist glatter und glänzender als die glatteste und glänzendste Haut einer Reineclaude.
»Schau. Hier ist die Grammatik des Beichtvaters von Benedikt XIV., und sie ist nach wie vor von Nutzen für einen, der noch immer lernen will. Die Kunst ist lang. Schau: Sie trägt meine Matrikelnummer und meinen Namen in dreifacher Ausfertigung, in meiner damaligen Schrift, die noch etwas ungelenk und schlampig war; und die die deine imitierte. Und da, auf dem Frontispiz, ein Zeichen meiner kindlichen Herrschsucht: die *Regole*, in drei Bänden, zusammengestellt von Salvadore Corticelli, *zum Gebrauch von Gabriele d'Annunzio*!«
Ich schiebe den riesigen Papierstoß zur Seite, die Seiten, aus denen mein fast fertiger Roman besteht. Ich breite die schwarzweißen Seiten auf dem Tisch aus: Büttenpapier und sepiafar-

bene Tinte. »Schau, was für eine Arbeit! Das nennt man schreiben. Ich leere alle drei Stunden ein Tintenfaß. Ich breche mehrere Federn pro Tag. *Doch von Dauer nicht ist, was sein Pinsel über Nacht bereitet*, wie es im Gesang von Vanni Fucci heißt.«
Ich spreche mit einer Sorglosigkeit, die so tut, als könnte sie die Traurigkeit vertreiben, und ich versuche, den wimpernlosen Augen auszuweichen.
Schweigend nimmt Dario eines der weißen Blätter, taucht eine Feder ein und schreibt meinen Namen, wobei er meine Unterschrift so perfekt imitiert, daß ich ihm liebevoll die Hände auf die Schultern lege und ausrufe: »*Alter ego!*« Sofort dreht er sich zu mir um, und wir blicken einander ins Angesicht.
Von einem Augenblick zum anderen bin ich meiner ganzen Phantasiewelt beraubt, all meiner Einfälle und all meiner Musik; von einem Augenblick zum anderen hat der strenge Raum seine ganze Stimmung verloren, die meinen Gedanken so nahe war wie der Resonanzboden eines Instruments den Saiten. Plötzlich umgibt mich die Atmosphäre von unten, die den Zwischenraum zwischen meinem Tisch und dem meines Kameraden so unerträglich machte, die dumpfe Atmosphäre, in der der Wahnsinnige und der Lispler atmeten, die Atmosphäre von Zerfall und Betrug, und sie droht mich zu ersticken und mir den Atem zu rauben wie die Ausdünstung einer schmutzigen und ansteckenden Krankheit. Wie in einem Alptraum sehe ich meinen Freund, eingesperrt zwischen den beiden elenden Gestalten. Die drei blutleeren Gesichter überlagern sich, werden eins, bilden ein einziges Gesicht und ein einziges Übel, einen einzigen vom Husten geschüttelten Körper und eine einzige Schande. Und ich leide mit dem Besten und dem Schlechtesten in mir, ich leide unter dem gegenwärtigen Augenblick und unter den Jahren, unter einem unbarmherzigen Aufeinanderprallen von Mitleid und Angst, Güte und Reue, Großzügigkeit und Groll. »Was hast du denn? Dario, was hast du? Sprich. Ich flehe dich an.«

»Soll ich sprechen? Oder hätte ich mich umbringen sollen?«

»Ich bin nach wie vor dein Bruder, Dario. Stell dir vor, mein Vater stünde hier und brächte uns einander näher, indem er die Hände auf unsere Schultern legte, wie an jenem Abend, als er mir das *Mémorial* schenkte. Ich verstehe alles; und ich bin noch immer bereit, alles für dich zu tun. Aber sprich.«

Lieber würde ich die Hand verbrennen, die diese Zeilen schreibt, lieber würde ich sie an der Flamme verbrennen, die meinen nächtlichen Angsttraum erhellt, als daß ich hier versuchte, mit meiner Kunst seine Stimme wiederzugeben, als daß ich hier auch nur eines seiner Worte festhielte. Sein Schuldgeständnis ist nichts anderes als ein Röcheln seiner kranken Lunge, wie sein qualvoller Husten. Manche seiner Worte werden zum Hauch einer Fratze, von der ich fürchte, sie könnte sich hier im Zimmer befinden, von der ich fürchte, sie könnte sich zu den anderen Gespenstern gesellen, die meine bedrohliche Finsternis bevölkern. Als ich glaube, meinen Mut zurückgewonnen zu haben, sage ich zu ihm: »Du darfst dich nicht so geringschätzen, du darfst nicht so hart mit dir ins Gericht gehen, dich nicht so sehr verachten. Glaubst du etwa, ich würde wagen, dich zu verurteilen? Ich bin nicht anders als du. Ich kenne das Laster. Aber ich gebe mich dem Laster nicht hin, es sei denn, um es zu besiegen, wie es Kämpfer manchmal tun, indem sie den Gegner mit einer vorgetäuschten Schwäche hinters Licht führen. Ich gehe sogar so weit, die Personifizierung der Laster in den christlichen Allegorien zu erkennen. Du kennst bestimmt das Gefühl, mein Bruder, daß das Laster bei dir zu Hause lebt und auf der Lauer liegt, daß es dich mit seinem Hauch verbrennt, der aus dem dunkelsten Winkel kommt. Ich kenne das stolze Bemühen, ihm zu entkommen. Ich kenne das Nachlassen des Willens, ich kenne die kindischen Ausflüchte: Ich öffne das Fenster; blicke in die klare Nacht hinaus, betrachte die Sterne, den Garten, das Antlitz Gottes; ich betrachte diesen Tisch, an dem ich arbeite, die beschriebenen Seiten, die sich vor der gnadenlosen Überarbeitung fürch-

ten, und die noch nicht beschriebenen Seiten, die nach augenblicklicher Vollkommenheit verlangen. Meine Seele ist edel, erhöht von einer Art stellarem Delirium. Entdecke ich denn sogar in diesem qualvollen Widerstand noch neue Bereiche meines Lebens? Verlängere ich damit nicht meine Tragödie über den üblichen fünften Akt hinaus? Auch außerhalb der Wüste ist das Drama der Versuchung erhaben; nicht wegen des Widerstandes, der den inneren Horizont begrenzt, sondern wegen des Schwachwerdens, das dich die lyrische Unendlichkeit deines Körpers und die unerhörten plastischen Schöpfungen deiner Begierde entdecken läßt. Du glaubst, verloren zu sein, und statt dessen erhältst du ein Geschenk, das kein Ende nimmt. Lies den Spruch, den ein Messer mit schamloser Weisheit ins massive Nußholz geritzt hat: *Coercitio Effrenatio.*«
Meine Stimme scheint ihn irgendwie zu trösten und zu beruhigen wie eine gnädige Arznei. Hin und wieder schüttelt er den Kopf; und die Winkel seiner bläulichen Lippen zucken auf eine gespenstisch leblose Weise, als wäre bei einer selbstbeweglichen Maske der Mechanismus kaputtgegangen, der das Lachen bewirkt. Hin und wieder murmelt er etwas in der Sprache des Frauenzimmers, mit dem er zusammenlebt, fast als säße er betrunken im letzten Winkel seiner Stammkneipe in Charing Cross: »*O this gloomy world!*« Mir ist, als würde ich die eine oder andere Silbe verstehen und den Sinn seiner Rede erraten. Mein Schmerz ist weniger trübe; mein Mitleid klärt sich auf. Ich sehe die Umrisse meines Kameraden mit den wimpernlosen Augen so verzerrt, daß er mir als eines meiner Phantasmen erscheint, das die deutliche Gestalt einer Halluzination angenommen hat, wie in manchen Augenblicken, in denen ich die Augen schließe und intensiv nachdenke, um in meinem Kopf eine tragische Bühnenfigur zu erschaffen, und wenn ich dann die Augen öffne, sehe ich sie erschaudernd außerhalb von mir, auf halbem Weg zwischen Leben und Kunst, und unvergänglicher als ich.
Jetzt stelle ich mir vor, daß er im »Gasthaus der Meerjungfrau«

auf der Bread-street oder der Friday-street zwischen Christopher Marlowe und Robert Greene sitzt, mit vollen Bierkrügen oder Wein von den Kanarischen Inseln vor sich, und ihnen gegenüber sitzt die Tochter jener berühmten Hure und geschickten Diebin, die Cutting-Ball hieß und nach einem skandalträchtigen Prozeß in Tyburn aufgehängt wurde, oder vielleicht sitzt er auch jenem großen, rotblonden Frauenzimmer gegenüber, das der Autor von *The Mirror of Modesty* in der Turnball-street aufgelesen hat; und vielleicht hat er auch gehört, wie Christophers Geliebte, die diesen am nächsten Tag in den Armen des Dieners Francis Archer betrügen und ihn seinem Mörder ausliefern wird, sagt: »Ach, Marlowe, hör nicht auf die Ratschläge deiner bigotten Mutter. Leb zwischen Bett und Kneipe, zwischen Kneipe und Bett. Sei auf Erden, was der beste und größte Gott im Himmel ist: der gefügige Sklave deiner Leidenschaft.« Und vielleicht hat er auch gehört, wie der Autor des *Faustus* jenen Vers deklamierte, von dem er, der Magier, mehr berauscht war als vom Wein der Kanarischen Inseln: *A sound magician is a mighty God*.

Entweder hat ihn sein Geständnis derart angestrengt, oder er ist erschöpft, weil ihm die gewohnte Arznei fehlt. Wie betäubt sitzt er auf seinem Stuhl, mit starrem Blick und halboffenem Mund, die Hände liegen auf den Knien, und das Kinn ist auf die Brust gesunken. Er murmelt: »Morgen also ... Morgen also ... Soll ich mich umbringen?« Und er hebt eine bebende Hand, um auf dem Tisch das Blatt Papier zu suchen, auf dem er eben mit derselben Hand meine Unterschrift eines ewigen Schuldners gefälscht hat.

Ich sage zu ihm: »Dario, quäl dich nicht. Morgen werde ich mein Versprechen einlösen. Du bist jetzt müde, du mußt dich ausruhen, ich lasse dich mit einem geschlossenen Wagen nach Florenz bringen, bis an die Tür deines Hauses. Ich bitte dich, sei ruhig, Dario. Ich empfinde für dich noch immer dasselbe wie zuerst, als ich dir auf dem Feldweg entgegenging.«

So tröste ich ihn, so beschwichtige ich ihn; und ich bemühe

mich, die schlaue Missetat, die ihn beschämt, weniger schwerwiegend erscheinen zu lassen: Ich besiege meinen Abscheu mit meiner immer größer werdenden Traurigkeit; und während ich ihm die Wunde verarzte, die ihm von jenem Frauenzimmer zugefügt worden ist, »der Peinigerin, die in der Zubereitung von Tränken und in Methoden bewandert ist, die die Männer leiden lassen«, denke ich an den unvergeßlichen Tag, an dem ihm reichlich Blut aus den frischen Rissen seiner gequetschten Frostbeulen tropfte und ich mit den Zähnen den Rand von meinem Taschentuch abriß, es mitten entzweiriß und ihm damit die Hände verband. »Du brauchst nichts zu befürchten. Jetzt ist alles ganz einfach, mein armer Dario!«

Da er es nicht lassen konnte, der entfernten Schwester von Cutting-Balls Tochter Geld zu schicken, seiner Treulosen, deren Name auf Italienisch *secundum mores meretricis* genauso lautete wie der der Geliebten von Robert Greene, hatte er – genauso geschickt, wie er eben die Feder über das weiße Papier geführt hatte – mit meinem Namen unterzeichnet, wobei er sich meine wohlbekannte Kreditwürdigkeit bei den Wucherern zunutze gemacht hatte, den Mitbürgern von Ciappo Ebriachi, deren Wappen eine weiße Gans auf zinnoberrotem Grund ist. Was tut's?

Ich nehme eine Schatulle, deren Einlegearbeiten von jenem Clemente di Francesco del Tasso stammen, der auch den Rahmen für ein Tafelbild von Filippino Lippi geliefert hat. Sie enthält meine spärlichen Schätze. Ich öffne sie. Zum erschöpften Dario sage ich, wobei ich ihn ein wenig rüttle: »Schau. Was ich hier habe, reicht, um morgen jene Papiere auszulösen. Aber ich glaube, du kannst es kaum erwarten, nach London zurückzukehren. Nimm den Rest, ich bitte dich: Du hast es dringend nötig. Morgen am Nachmittag kommst du, um dich zu verabschieden. Und dann werden wir die Papiere in diesem Kamin aus schwarzem Marmor verbrennen, der zweifellos aus den Marmorbrüchen von Lesbos stammt. Dir ist entgangen, was in den Stein zwischen den beiden Feuerböcken eingemeißelt ist:

Divae Salamandrae sacrum. In diesem hohen Sarkophag, der nicht auf einem Rauchfang ruht, sondern auf zwei Konsolen, schläft die Prinzessin Salamandra. Ich bin so leichtgläubig wie Benvenuto.«

Ich spreche wie jemand, der aus Angst vor der Dunkelheit glaubt, er könne die Schatten und die Fratzen mit seinem Geschwätz ablenken. Ja, ich habe Angst, von der Traurigkeit übermannt zu werden, in diesem Zimmer, in dem ich ständig Opfer bringe, und in dem sich nun, wo sich die Wärme des Geistes verflüchtigt hat, die Leidenschaft eines gepeinigten und gedemütigten Herzens verzehrt. Auf dem Antlitz meines Altersgenossen, der ohne den geringsten Widerstand mit beiden Händen nimmt, was ich ihm gebe, sehe ich plötzlich die Spuren des Alters. Mit einem Schmerz, der mich fast weinen läßt, mit einem Schauern, das mir eiskalt über den Rücken läuft, entdecke ich an meinem Kameraden mit den wimpernlosen Augen plötzlich etwas Gemeines, etwas Niederträchtiges.

Während er das Geld in die Tasche steckt, stammelt er: »Hast du eine Flasche Gin zu Hause? Kann ich ein Glas Gin haben? Ich bin am Ende meiner Kräfte.«

Ich verlasse das Zimmer, ich gehe weich auf meinem Herzen. Ich rufe einen meiner Diener. Eilig gebe ich die Anordnung, einen geschlossenen Wagen bereitzustellen. Ich lasse den Wacholderschnaps bis zur Schwelle bringen. Ich selbst nehme die Flasche und das Glas, stelle beides neben das Blatt Papier, auf dem der Kelch abkühlt, den mein Glasbläser aus Murano mit seinem Werkzeug geformt hat, mit Bewegungen, die so leicht und behend sind wie die »Bewegungen eines stummen Tanzes«. Aus Grausamkeit mir selbst gegenüber sage ich zu dem, der mich weder hören noch verstehen kann: »Ich gieße dir den Gin in den Kelch aus Murano, der eben erst abgekühlt ist, o Dario.«

Er schließt die wimpernlosen Augen und trinkt. Er stürzt den brennenden Schluck hinunter, während ihn ein neuer Hustenanfall übermannt, seine Brust zerfetzt, ihn erstickt.

Aufrecht, während ein Gorgonenhaupt mitten in meiner Seele mich versteinert und mich verstummen läßt, warte ich darauf, daß diese Qual ein Ende nimmt, die um einiges schrecklicher ist als sein Leid. Er kann es kaum erwarten, der Verdammte, die Schande und den Nebel wieder in die Arme zu schließen. *O this gloomy world!*
»Ich bringe dich jetzt zum Wagen, er steht schon bereit. Deck dich gut zu. Zieh deine Wollhandschuhe an. Wickle dir diesen Schal um den Hals.«
Er flüstert: »Das ist nicht meiner.«
Ich sage zu ihm: »Es ist meiner. Nimm ihn. Zieh ihn dir über den Mund.« Er berührt die Ginflasche und flüstert: »Wenn du sie mir gibst, nehme ich sie mit. Ich bin am Ende meiner Kräfte.«
»Nimm sie. Vielleicht paßt sie in deine Manteltasche.«
»Ja, sie paßt.«
Als er sich auf den Weg macht, wankt er; er kann sich kaum auf den Beinen halten; und er hängt ein wenig zur Seite, wo er den Gin eingesteckt hat, als würde er das Ohr an die Flasche halten, in der es leise gluckert. Er murmelt abgehackte Worte, die ich nicht verstehe.
Ich und einer der Diener packen ihn an den Armen zwischen Ellbogen und Achsel. Wir führen ihn bis zum Schlag der Kutsche und helfen ihm beim Einsteigen. Es wird schon Nacht. Das Pferd schnaubt; und im hellen Licht der Laternen sehe ich den Hauch seines Atems. Meine Hunde, die im nahen Zwinger meine Stimme erkannt haben, beginnen zu kläffen und spornen sich gegenseitig an, bis sie jenes heisere und langgezogene Geheul anstimmen, das durch den Widerhall im geschlossenen Raum gespenstisch klingt, wenn es Nacht wird über den einsamen Feldern.
Dario sitzt bereits im Fond des Wagens, in dem es so dunkel ist, als wäre er mit dem schwarzen Tuch ausgekleidet, das man für gewöhnlich auf Särge legt oder aus dem man das Bahrtuch näht.

»Adieu, mein Freund, adieu, mein Bruder«, schreie ich ihm zu, während ich den Mantel über seine armen Knie ziehe.
Das Geheul meiner doppelten Meute ist so laut, daß ich meine eigenen Worte kaum verstehe.
»Adieu, adieu, Dario!«
Aber die Seele hört das laute Schluchzen und zieht sich zurück, sie leidet unter dem Augenblick und an den Jahren. Und sie hört und sieht noch einmal den Kameraden mit den wimpernlosen Augen, der am Fußende des Bettes schluchzt, am Tag der Schwalben und des Wunders, am Tag der Wolken und des Sturms, am Tag der Rebellion und des Mutes und des Stolzes, an dem ich ohne ihn mein Leben in den Dienst des Ruhmes stellte.

Januar 1900, in Settignano di Desiderio

7 Mit seinem »venezianischen Roman« meint d'Annunzio den Roman »Il fuoco« (dt. »Das Feuer«), den er 1900 fertigstellte. Der Besuch in der Glasbläserei von Murano wird in »Das Feuer« ausführlich beschrieben. Manche Zitate, etwa »der große glühende Altar« oder »die Bewegungen eines stummen Tanzes« sind direkt dieser Episode entnommen.

9 D'Annunzio bezieht sich hier, wie im folgenden des öfteren, auf Dantes »Divina Commedia«. Mit Dantes *Führer* ist Vergil gemeint, der Dante auf seiner Reise durch Hölle und Fegefeuer begleitet. Die vorliegende Stelle bezieht sich auf den dreizehnten Gesang der »Hölle«, in der von Pier della Vigna die Rede ist. *Pier della Vigna* (1190-1249), Kanzler und Vertrauter des Stauferkönigs Friedrich II. (und nebenbei einer der bedeutendsten Vertreter der sizilianischen Dichterschule), wurde des Verrats bezichtigt und verurteilt, und rannte sich an der Mauer seines Kerkers den Schädel ein. In Dantes dreizehntem Gesang erläutert der Verdammte die Strafe des Selbstmordes. Die Seelen der Selbstmörder sind in Bäume gebannt und führen ein willenloses Pflanzendasein. Nur Schmerz können sie noch empfinden. So beginnt der Dornenstrauch, von dem Dante auf Geheiß Vergils einen Zweig bricht, zu bluten und zu sprechen. Er birgt die Seele von Pier della Vigna. Der Ausdruck »Wort und Blut gemischt« (»parole e sangue«) ist ein Zitat aus dem dreizehnten Gesang.

10 D'Annunzio erwähnt hier zum ersten Mal die *Außenkanzel* des Doms von Prato. Die Kanzel an der Südwestecke des Domes entstand in der Frührenaissance mit der Architektur von Michelozzo und Reliefs des Donatello. Mehrere Konsolen tragen eine Brüstung aus sieben Platten, auf denen tanzende Engel zu sehen sind. Auf dieser Kanzel wurde der »Gürtel Marias« durch den Bischof präsentiert. Die Legende berichtet, daß Maria den Gürtel dem Apostel Thomas übergab, dieser einem Priester, der ihn wiederum seiner Tochter weitergab, die Michele Dragomari heiratete. Die ghibellinischen Dragomari beherrschten Prato bis 1267.

12 *Vespasiano da Bisticci* (1421-1498) war Buchhändler, dessen Florentiner Laden zum Treffpunkt der zeitgenössischen Literaten

wurde. 1482 schrieb er die *Vite,* die Biographien seiner ehemaligen Bekannten, darunter auch des Kardinals *Giuliano Cesarini* (1398-1444).

14 *Xenophon,* griechischer Geschichtsschreiber und Schriftsteller, zeichnete sich nach der Schlacht bei Kunaxa in der Leitung des Rückzuges der führerlos gewordenen 10000 griechischen Söldner nach Trapezos aus.

– Die *Grotte von Milelli:* Auf dem Land der Bonaparte bei Ajaccio (heute Jardin des Milelli) befand sich eine gefällte Steineiche, in deren Schatten Napoleon studierte.

– Napoleon war von 1779 bis 1784 Kadett in der Militärschule von *Brienne.*

– Viktor Emanuel II. wurde aufgrund seines mondänen Lebenswandels als Re Galantuomo, als *Gentleman-König* bezeichnet.

16 Wenn d'Annunzio sagt, sein Kamerad aus *Fucecchio* sähe aus wie eine Sumpfschildkröte, so bezieht er sich darauf, daß das Gebiet um Fucecchio in der Provinz von Florenz ein (inzwischen trockengelegtes) Sumpfgebiet ist.

17 *Vanni Fucci* und *Vanni della Nona* (den d'Annunzio *della Monna* schreibt) sind historische Gestalten, die in der zweiten Hälfte des 13. Jahrhunderts in Pistoia lebten und die Dante im vierundzwanzigsten und fünfundzwanzigsten Gesang der »Hölle« erwähnt: Vanni Fucci ist Anhänger der Pistojeser schwarzen Partei (deshalb spielt d'Annunzio auf die Parteienkämpfe in Pistoia an, als er von seinem Pistojeser Erzieher spricht) und Kirchenräuber. Er soll aus der Sakristei von San Jacopo Kirchengerät gestohlen und im Hause des Notars Vanni della Nona versteckt haben, der deshalb mit anderen Verdächtigen hingerichtet wurde.

21 *das Zimmer der Musik.* Seit 1898 bewohnte d'Annunzio die Villa »La Capponcina« bei Florenz, in der jeder einzelne Raum einen Namen trug.

32 Das *Mémorial:* Das »Mémorial de Sainte-Hélène« ist ein Werk in acht Bänden (1822-23) von E. A. Dieudonné, der darin beschreibt, wie Napoleon die ersten achtzehn Monate des Exils auf St. Helena verbrachte.

34 *Arcole* ist ein Dorf in der Provinz von Verona. Auf der Brücke von Arcole fand im Lauf des Italienfeldzugs (1796-1797) eine wichtige Schlacht statt.

– Im Zuge des Italienfeldzugs fand 1796 die Schlacht von *Lodi* statt. Durch den Sieg gelangten die Franzosen in den Besitz der Lombardei.

36 *Pasquino di Matteo di Montepulciano* ist ein italienischer Bildhauer, der um 1425 geboren wurde. Von ihm stammt der Rahmen des bronzenen Gittertors in der Kapelle des Doms von Prato, in dem der »Gürtel Marias« aufbewahrt wird. Dieser Rahmen ist mit Palmetten und Kandelabern verziert.

37 Am *siebten Fructidor des Jahres VII* (Ende August 1798) brach Napoleon zur »Ägyptischen Expedition« auf. Mit *Cäsar* ist höchstwahrscheinlich Napoleon selbst gemeint.

– Bei *Marengo*, das heute ein Teil der italienischen Stadt Alessandria ist, gelang Napoleon im 2. Koalitionskrieg am 14. Juni 1800 ein wichtiger Sieg über die Österreicher.

39 Der einzige Sohn Napoleons aus dessen Ehe mit Marie Luise erhielt bei seiner Geburt den Titel *König von Rom.*

40 Maria Anna, genannt *Elisa,* war die älteste Schwester Napoleons (1777-1820). Sie wurde 1805 Fürstin von Piombino und Lucca, 1806 Herzogin von Massa-Carrara, 1809 Großherzogin von Toskana. Sie war mit Felice Pasquale *Bacciocchi,* einem korsischen Hauptmann verheiratet.

– Der im 15. Jahrhundert erbaute *Torre Guinigi* befindet sich in Lucca. *San Romano*, *San Francesco, San Frediano* sind Kirchen in Lucca, nach *San Martino* ist der Dom benannt. Im Dom von Lucca befindet sich das Grabmal für die 1405 im Kindbett gestorbene *Ilaria del Carretto* (Gattin des Luccheser Stadtherrn Paolo Guinigi), das um 1410 von *Jacopo della Quercia* geschaffen wurde.

41 Die *Accademia degli Oscuri* (Akademie der Dunklen) hatte ihren Sitz in Lucca und wurde 1805 in Accademia Napoleonica umbenannt. Ihre Vorläuferin war die Accademia degli Accesi (Akademie der Erleuchteten, gegründet 1640), die sich hauptsächlich um Theateraufführungen kümmerte.

– *Il Cinque Maggio* (Der fünfte Mai) ist eine Ode auf Napoleons Tod, die 1822 von Alessandro Manzoni verfaßt und von Goethe ins Deutsche übersetzt wurde.

42 Napoleons Schwester Marie *Pauline* (1780-1832) heiratete 1803 den Fürsten Camillo Borghese, 1806 wurde sie Herzogin von Guastalla.

43 Die Familie *Poniatowski* ist eine polnische Adelsfamilie, die unter anderem einen polnischen König stellte. Joseph Michael Xaver François Jean Poniatowski (1816-1873), seit 1854 in Florenz, von Napoleon III zum Senator ernannt, komponierte mehrere Opern. Unter anderem vertonte er das Drama *Giovanni da Procida* (1803) von *Giovanni Battista Niccolini* (1782-1861), einem Verfasser patriotischer Dramen und Freund Alessandro Manzonis.

44 Unter Napoleon I. war die Toskana von 1801 bis 1807 das *Königreich Etrurien.*

– *Jérôme* Bonaparte (1784-1860), der Bruder Napoleons, wurde 1807 König des neugeschaffenen Königreichs Westfalen. D'Annunzio spielt hier auf den Spitznamen Jéromes »König Lustig« an.

– Der Vater d'Annunzios wünschte sich für seinen Sohn eine besonders gute humanistische Ausbildung, und deshalb trat d'Annunzio am 1. November 1874 ins Elite-Internat Cicognini ein. Zur Jugendzeit d'Annunzios galt das Italienisch, das in der Toskana, bzw. in Florenz gesprochen wurde, noch immer als vorbildliches Italienisch. D'Annunzio durfte auch während der Ferien nicht nach Pescara zurückkehren, damit er seinen bäuerischen Abruzzen-Dialekt ablegte und ein perfekter Toskaner wurde.

45 *Benedetto Varchi* (1503-1565) verfaßte unter anderem eine »Geschichte von Florenz«. 1558 machte Cosimo I. Medici, Großherzog der Toskana, Varchi die *Villa della Topaia* zum Geschenk.

– Nicolò Pericoli, *Tribolo* genannt (1500-1550), Bildhauer, hatte größten Erfolg als Gartenarchitekt: Er begann den Bau der Boboli-Gärten in Florenz und schuf Gartenanlagen mit Brunnen und Grotten für die Villa Reale in *Castello* und die *Villa Petraia* in der Nähe von Florenz

47 *Wie das Pferd Achills*: Im 19. Buch der Ilias wird Achill von seinem Roß Xanthos geweissagt, daß sein Tod nicht mehr fern sei: »Darauf gab unter dem Joch das geflügelte Roß ihm die Antwort, Xanthos ...«

49 *Giambologna,* Bildhauer (1524-1608) aus Florenz.

– Der *Wiedehopf* ist enthalten in Ugo Foscolos »Sepolchri«, 1807 (dt. »Gräber«), worin der Autor seine Trauer und Hoffnungslosigkeit beim Anblick der verlassenen Gräber beschreibt. Ugo Foscolo (1778-1827) war glühender Patriot und Gegner Napoleons.

50 *Toujours seul ...:* Stets allein, selbst inmitten der Menschen, kehre

ich zurück, um meinen Träumereien nachzuhängen und mich ganz der Heftigkeit meiner Melancholie auszuliefern. Von welcher Seite kommt sie mir heute entgegen? Von der Seite des Todes.

– *Salvatore Corticelli* (den d'Annunzio *Salvadore* schreibt), Literat aus Piacenza (1690-1758), wurde durch seine empirische Grammatik »Regole ed osservazioni della lingua toscana« (1745) berühmt.

– Blaise de Lasseran-Massencôme, Herr von *Montluc* (1501-1577), war Soldat und Historiker, der *Commentaires* schrieb, die vor allem als historische Quelle geschätzt werden.

– *Tu quoque:* Auch du, mein Sohn Brutus...

51 Der *Schlappschwanz von Mòdona*: das Zitat ist Tassonis Komödie *La secchia rapita* entnommen.

– *Aruns, Gian da Luni, der Ackermann aus Carrara*: D'Annunzio bezieht sich hier wieder einmal auf Dantes »Divina Commedia«: auf einen Vers aus dem zwölften Gesang der »Hölle«. »... Der an die Brust ihm lehnt den Rücken an, ist Aruns, hat in Lunis Berggeländen, wo zum Gereut Carraras Ackermann/heraufkommt...« Er vergleicht seinen Kameraden aus Carrara mit Aruns (der im Original und bei Dante Aronta heißt), einem etruskischen Vogelschauer, und mit dem »Ackermann aus Carrara«. Einen anderen Kameraden, der aus Luni, einer etruskischen Stadt an der ligurischen Küste, stammt, nennt er »Gian da Luni«.

54 Giovanni Maria Cecchi, italienischer Autor (1518-1587), der die volkstümliche Farce zu einer literarischen Form entwickelte. D'Annunzio macht hier ein Wortspiel: Cecchis Komödie *Dissimili* heißt auf Deutsch »Die Unterschiedlichen«. Im nächsten Satz heißt es: »Wir waren tatsächlich so verschieden voneinander...«

– Die *Cybo* sind ein altes italienisches Adelsgeschlecht, das mit den Medici verwandt war und aus dem unter anderem ein Papst, Innozenz VIII, hervorging. Der letzte weibliche Abkömmling der Familie war *Maria Teresa* (und nicht Maria Beatrice wie bei d'Annunzio), die 1769 die *Accademia di Belle Arti* in Carrara gründete.

56 Die beiden Strophen von *Sappho* lauten auf Deutsch:

Untergegangen ist der Mond
Versunken sind die Plejaden

und

Jungfräulichkeit, Jungfräulichkeit
Mein Mädchentum – wo bist du hin?

58 *Domenico Cucchiari* war italienischer General (1806-1900), der sich besonders bei der Schlacht von *San Martino* (1859) auszeichnete, bei der das piemontesische Heer unter Viktor Emanuel II. gegen die Österreicher einen Sieg davontrug.

60 Bei der Schlacht von *Marathon* (490 vor Chr.), über die *Herodot* berichtet, siegte ein griechisches Heer über persische Truppen. D'Annunzio will damit sagen, daß er und sein Freund, den er mit einem Griechen vergleicht, einen Sieg über Dario davongetragen haben, dessen Namen an Darius, bzw. Dareios, an den Namen persischer Großkönige, erinnert.

61 Mit *Cino* und *Guido* sind Cino da Pistoia (1270-1337) und Guido Guinizelli (1240-1276) oder Guido Cavalcanti (1255-1300) gemeint, drei Vertreter des »dolce stil nouvo«, einer Art Liebeslyrik, die im 13. Jahrhundert in der Toskana entstand.

– Der *Lepre dei Rinieri,* die *Arcipressi,* der *Canto del Giglio,* die *Brache* nicht näher bestimmte landschaftliche Elemente um Castello.

– *Il Lasca* wurde Antonio Francesco Grazzini (1503-1584) genannt, ein italienischer Renaissance-Novellist, der für seinen spöttischen und burlesken Stil bekannt war.

– Camillo Filippo Ludovico *Borghese,* Fürst von Sulmona und Rossano (1775-1832), vermählte sich 1803 mit Napoleons Schwester Pauline.

– *La reine des colifichets:* die Königin des Tands.

62 *»Comment, monsieur, qu'est-ce que l'amour? Eh quoi!«*: Wie Monsieur, das ist die Liebe? Und ob!

63 *La vie m'est à charge, etc. etc.:* Das Leben ist mir eine Last, usw. usw. Das Zitat ist wahrscheinlich Napoleons Jugendschriften entnommen.

– *Pasquino* wurde in der Renaissance eine verstümmelte Marmorfigur genannt, die in Rom vor dem Palazzo Braschi stand. Unter dem Pontifikat von Leo X. wurden darauf Schmähschriften politischer und privater Art angebracht, unter anderem von dem Dichter Pietro Aretino. Von Pasquino leitet sich der Ausdruck Pasquinade oder Pasquill her.

– Charles *Pichegru* (1761-1804), kämpfte als General im napoleonischen Heer. Nach einem Komplott gegen Napoleon starb er unter nicht geklärten Umständen, vielleicht wurde er auf Geheiß Napoleons umgebracht.

– Camillo Borghese, Paulines Mann, war unter anderem auch Herzog von *Guastalla.*
– Die *Dagomari* und *Guazzalotri,* die *Panciatichi* und *Cancellieri* waren vom 14. bis zum 16. Jahrhundert Magnatenfamilien in Prato bzw. Pistoia, die ständig gegeneinander kämpften.
64 In *Calatafimi* in Sizilien kämpfte am 15. März 1860 Garibaldi erfolgreich gegen die Bourbonen.
65 François Athanase *Charette* de la Contré war der Führer des Aufstands der Vendéer, wurde 1796 erschossen.
– *Je ne cède jamais.* Ich weiche nie.
66 Am 19. September 1793 besiegten die Vendéer unter Charette die Truppen des Generals *Kléber* bei *Torfon.*
67 Agnolo *Firenzuola* (1493-1543) schrieb »Prima veste dei discorsi degli animali« (1541), eine Neubearbeitung eines altindischen Fabelbuches, in dem die handelnden Gestalten zumeist Tiere sind.
– Bertrand *Barère* de Vieuzac, französischer Revolutionär (1755-1841), wurde aufgrund seiner in süßlicher Sprache verfaßten Berichte an den Konvent der »Anakreon der Guillotine« genannt.
– *Vanni Fucci* (siehe auch Seite 17) macht in Dantes 25. Gesang des »Inferno« eine unflätige Handbewegung gegen den Himmel: »Als er am Ende, rief, die Händ erhoben, die Feige weisend gleich mit allen zwein...«
68 Die *Kavaliere* waren im England des 17. Jahrhunderts Anhänger des Königs, während die *Rundköpfe* den puritanischen Oliver Cromwell unterstützten.
69 Der Kamerad, der sich einbildet, Karl I zu sein, ist eine Dickens-Reminiszenz. In »David Copperfield« ist Mr. Dick vom Gedanken an den abgeschlagenen Kopf Karls I besessen.
70 Von *Alessandro Tassoni* (1565-1635) stammt das heroisch-komische Stanzenepos *La secchia rapita* (Der geraubte Eimer). Darin wird der Bürgerkrieg zwischen Modena und Bologna beschrieben, der 1325 wegen eines von den Modenesen in Bologna geraubten Holzeimers ausgebrochen war. In Modena wurde der Eimer im *Ghirlandina*-Turm aufbewahrt.
71 Der Schweinsfuß ist eine Spezialität aus Modena, der *Conte di Culagna* ist eine Gestalt aus Tassonis »Secchia rapita«: ein besonders feiger Ritter. Die *»wahre Geschichte des Schlappschwanzes von Mòdona«* ist ein Zitat daraus: Die Modeneser schrieben pottà an-

stelle von podestá (Bürgermeister), woraus die Bologneser potta machten, was soviel wie Angeber heißt.

72 Alessandro Tassoni, der am Ende seines Lebens verbittert war, weil er sich nach jahrelangem Dienst an italienischen Höfen zu wenig geehrt fühlte, ließ sich auf einem Porträt mit einer Feige in der Hand darstellen. Und auch auf einer Illustration der *Secchia rapita*, in einer Ausgabe des Jahres 1744, wird er mit der Feige in der Hand dargestellt. Der Kommentar dazu lautet: »Dextera cur *Ficum*, quaeris, mea gestit *inanem...*?«

79 *Catone catonior:* catonischer als Cato, bzw. päpstlicher als der Papst.

– Pasquale *Paoli* (1725-1807) war ein korsischer Patriot.

– *Fiumorbo* und *Valinco* sind Orte auf Korsika.

80 Von Galileo *Galilei* stammt der Ausspruch: Eppur si muove! (Und sie bewegt sich doch!), dem hier der Ausspruch Eppur è Corso – *Aber er ist doch Korse!* nachempfunden ist.

– Mathieu *Buttafuoco* (1731-1806), Korse, der für den Anschluß Korsikas an Frankreich eintrat, Feind Paolis.

– *Depuis...* Von Bonifacio bis zum Cap Corse, von Ajaccio bis nach Bastia erhebt sich ein Chor der Verwünschungen gegen Euch... Was habt Ihr also getan?... Was habt Ihr verbrochen, etc. etc.

– *L'histoire de votre vie...* Die Geschichte Eures Lebens ist bekannt. Die wichtigsten Ereignisse sind hier mit blutigen Lettern niedergeschrieben...

– *Empoisonnés par les aliments...* Mit Lebensmitteln vergiftet, mit Ketten gefoltert, durch die gemeinste Behandlung gedemütigt...

81 Die *Bereneis* (*Bereneide*) ist ein Wortspiel, das den Namen des Erziehers Bereni so verändert, daß er an die *Äneis* (*Eneide*) erinnert.

82 *Bertoldo, Bertoldino e Caccasenno* ist der Titel dreier volkstümlicher Erzählungen, die sich im 17. Jahrhundert großer Beliebtheit erfreuten. Darin wird das einfache, schlichte Leben dem überfeinerten Leben am Hof gegenübergestellt.

– *Il vero Sesto Cajo Baccelli* ist ein alter volkstümlicher Kalender, der auch astrologische Daten und Berichte über Märkte enthält und der noch immer in Florenz erscheint. Zum ersten Mal wurde er angeblich von einem Neffen Rutilio Benincasas herausgegeben, eines berühmten Astronomen und Kabbalisten, dessen Pseudonym *Strolago di Brozzi* lautete.

– Der *Barbanera* ist ebenfalls ein Volkskalender und -almanach, der seit 1743 in Foligno erscheint.

85 In Pistoia befindet sich das *Ospedale del Ceppo*. Gegen 1535 wurde die Dekoration in Terrakotta abgeschlossen, die unter anderem von *Giovanni della Robbia* stammt.

86 Die *Calumnia* ist ein Bild *Botticellis*, das sich an einem der wenigen Bilder orientiert, die von *Apelles*, einem griechischen Maler der 2. Hälfte des 4. Jh. v. Chr., erhalten sind. Angelo *Poliziano* (1454-1494) war Dichter und »Berater« von Botticelli. Die Verszeile aus *La favola di Orfeo* heißt: »Aber ich habe ein anmutiges Mädchen gesehen, das rund um den Berg Blumen pflückte...«

88 Grausamkeit und Verruchtheit: Das Zitat stammt aus »Difesa dello stile comico fiorentino«, Verona 1816.

89 *Ecce agnus petulcus:* Schau, da ist das übermütige Böckchen.

90 Raimondo *Montecuccoli* (1609-1680), italienischer General und Schriftsteller, der »Della guerra col Turco in Ungheria« verfaßte (1670), worin die berühmten »Aphorismen über die Kriegskunst« enthalten sind.

94 *Se credere coelo...*: sich dem Himmel anvertrauen und sich mit Schwingen und Herz in die Lüfte erheben.

95 *Ovid* stammt aus Sulmo, dem heutigen Sulmona in den Abruzzen. Vor den Römern war dieses Gebiet vom italischen Stamm der *Päligner* besiedelt. Das Zitat – fraterno more sodales – stammt aus den »Tristia« I,3,65: »Roma relinquenda est... quosque ego dilexi fraterno more sodales«: ...und die Kameraden, die ich mit brüderlicher Liebe geliebt habe.

96 Petasos ist der geflügelte Hut des Hermes.

– *Prokne* ist eine Gestalt der griechischen Mythologie, die von Zeus in einen Vogel verwandelt wurde. In Italien ist *Procne* eine gängige literarische Umschreibung für »Schwalbe«.

97 *Die Blümlein des Heiligen Franz* (I fioretti di San Francesco) sind eine Legendensammlung aus der ersten Hälfte des 14. Jh., in der vom Leben und Wirken des Hl. Franziskus berichtet wird. Auf dem *Monte Verna* empfing der Hl. Franziskus die Stigmata.

98 *Il Trionfo della Morte* ist ein Roman d'Annunzios aus dem Jahr 1894 (dt. Der Triumph des Todes, 1899).

101 *Levis calamus* ist ein Zitat aus Vergils Eklogen »Tu calamos inflare leves«: »Du bläst in die leichten Rohre«.

102 *Giftige Dornen* (*stecchi con tosco*) ist ein Zitat aus Dantes 13. Gesang der Hölle, wo die Seelen der Selbstmörder in Bäume gebannt sind.

103 Der Ausdruck *Contraggenio di Peretola,* womit d'Annunzio den Krankenpfleger bezeichnet, ist unübersetzbar: *contraggenio* heißt soviel wie Abneigung, Peretola ist ein Dorf in der Toskana, das im Volksmund ein Symbol für Provinzialismus ist.

105 *Extrema tegula stat – pedibus firmis:* Mit festen Füßen steht er am Rand des Daches.

– *Apeliotes* und *Argestes* sind griechische Bezeichnungen für einen Ostwind und einen Nordostwind.

106 *Κορυβαντιάω:* Ich bin verzückt wie ein Korybant. Korybanten waren Priester der Kybele, die ihre Göttin mit ekstatischen Tänzen und Gesängen feierten.

– ... daß ich heimkehrte *»Zum Bronn, wo ich die Tauf empfangen«* (»nell bell'ovile ov'io dormii agnello«) ist ein Zitat aus dem 25. Gesang von Dantes »Paradiso«.

107 *Extrema tegula steti:* ich stand auf dem äußersten Ziegel.

108 *Optime:* Sehr gut.

109 *Voti munus, muneris votum:* Weihgabe, das Gelübde, ein Geschenk zu machen.

– Mit dem *italienischen Asketen* ist der selige Colombini gemeint. Das Zitat stammt aus der »Vita di Colombini« von Feo Belcari (1410-1484).

111 Die erhabene Entscheidung: Das Zitat stammt aus »La Manna dell'Anima« von Paolo Segneri (1624-1694), einem römischen Jesuiten, der wegen seiner Predigten und seiner geistlichen Prosa bekannt ist.

115 Die *Quelle von Bandusia* wird in der 13. Ode des 3. Buches von Horaz erwähnt.

118 Das Zitat »super aequora curvi« stammt aus Ovids »Metamorphosen« (Geschichte des Phaethon): nec se super aequora curvi tollere consuetas audent delphines ni auras: Die Delphine wagen nicht mehr, sich krümmend im Sprung, wie gewohnt, in die Luft übers Meer zu schnellen.

119 *birro* heißt sowohl Büttel als auch Wantstopp, was in der Sprache der Seeleute einen Knoten bezeichnet.

121 *Al tempo di...* Zur Zeit von Giovanni Filippo von Mario Bonaparte von San Miniato, Hauptmann der Montagna von 1742-1745. Im Palazzo Pretorio von *Cutigliano* war der Sitz der Capitani di Montagna, der Vertreter der Gemeinden, die sich in den Bergen des Piemont befanden.

122 Der *Lispler von der Lima:* die Lima ist ein Fluß.

– Filippo *Pananti* (1766-1837) aus Ronta del Mugello verfaßte Komödien.

123 Niccolò *Tommaseo,* geboren 1802 in Sebenico/Dalmatien, gestorben 1874 in Florenz, einer der vielseitigsten italienischen Schriftsteller, Freund Manzonis.

– *Beatrice di Pian degli Ontani* war das Pseudonym der Stegreifdichterin Beatrice Bugelli aus Cutigliano.

– Die *Prigioni* von Michelangelo sind Statuen, die ursprünglich das Monumentalgrab von Papst Julius II. schmücken sollten. Zwei befinden sich im Louvre, die Skizzen weiterer vier in den Uffizien. D'Annunzio besaß wohl eine Kopie einer Statue oder einer Skizze.

– *Pektis:* ein altgriechisches Musikinstrument, eine Art Zither.

127 *Coercitio Effrenatio* heißt soviel wie Erziehung durch Sittenfreiheit.

128 Christopher *Marlowe* (getauft 1564-1593) und Robert *Greene* (1558-1592) waren beide für ihren lasterhaften und ausschweifenden Lebenswandel berühmt. Von Marlowe stammt das Blankversdrama »Doctor Faustus«, von Greene »The Mirror of Modesty«. Marlowe wurde in einem Gasthof bei einem Streit von I. Frizer erstochen. Greene starb an den Folgen eines wüsten Gelages.

129 *secundum mores meretricis:* nach Hurenart.

– Filippo *Lippi* (1457-1504), Sohn des Fra Filippo Lippi, der ebenfalls Maler war.

130 *Divae Salamandrae sacrum:* dem göttlichen Salamander geweiht. Der Salamander ist seit der Antike ein Symbol der Erneuerung.

K.F.

Nachwort

Die Erzählung *Der Kamerad mit den wimpernlosen Augen* erscheint 1928 bei Treves im gleichnamigen Buch mit Erinnerungsprosen. Die Sammlung umfaßt laut Titelangabe Texte von 1900 bis 1920 und bildet Band zwei der *Faville del maglio*. Schon vier Jahre früher war als erster Band *Il venturiero senza ventura e altri studii del vivere inimitabile, 1896-1907*, (»Der Abenteurer ohne Abenteuer und andere Studien des unnachahmlichen Lebens«) herausgekommen. »Faville«, Funken, sind kürzere oder längere »Memoranda«, wie d'Annunzio sie auch etwa zu nennen pflegt, »maglio« ist der Schmiedehammer. Als Motto ist dem ersten Band vorangestellt: »Tra l'incudine e il maglio«, zwischen Hammer und Amboß. Es spielt offensichtlich auf die Vorstellung an, daß beim Favilleschreiben (»sfavillare«)[1] in der »Fucina« (Schmiede) des Dichters aus dem kleinsten Funken im Buch der Erinnerung[2] ein gleißendes Feuer wird (»Ich bin an meinem Amboss« – wird d'Annunzio am 11. 1. 1931 an Mussolini schreiben –, »und ich hoffe, daß nicht plötzlich ein Funke mich erblinden läßt«), daß ein noch so winziger Erinnerungsfetzen durch seine die Materie durchdringende Wortkunst zum lebendigen Ganzen erwächst. Ein Hinweis des Autors zum ersten Band der *Faville* verdeutlicht: »Jedes auch noch so kleine Bruchstück besitzt ein vollständiges eigenes Leben und vermag eine unendliche Freude zu verleihen, gleich dem Fragment einer thebanischen Grabmalerei, einer attischen Metope, eines maurischen Brunnens, eines Kapitells von Monreale.«[3]

Einige »Faville« – nicht aber die unsere – waren seit 1911 im »Corriere della Sera« zu lesen, die erste versehen mit der Anmerkung des Verfassers, es handle sich hierbei um eine lose Folge von Tagebuchnotizen, die zum Teil schon in seine Werke Eingang gefunden hätten. Da ihr Wert in der Unmittelbarkeit und Aufrichtigkeit des Ausdrucks liege, sehe er davon ab, sie zu überarbeiten. Die »Faville« sind aber vorwiegend aus tage-

buchartig festgehaltenen Erinnerungen erarbeitete Neuschöpfungen, und das jeweils angegebene Datum entspricht in Wirklichkeit kaum demjenigen ihrer Entstehung.[4]
1913 erwähnt d'Annunzio in einem Brief eine »lange Erzählung« mit dem Titel *Dario,* die noch nicht abgeschlossen sei; er charakterisiert sie als eine »innere Analyse«, bei der Ort und Datum nur der Aufhänger seien.[5] Die Erzählung *Il compagno* endet mit der Datierung »Januar 1900, Settignano del Desiderio«. Zu jener Zeit war d'Annunzio mit der Niederschrift eines neuen Romans, *Fuoco,* beschäftigt, den er dann am 13. Februar nach vierjähriger Arbeit endlich abschließen konnte, wie die letzte – die tausendundvierte – Manuskriptseite bezeugt.[6] Auf *Feuer* nimmt die »Favilla« auch wiederholt und explizit Bezug. Gleich der erste Satz der Erzählung kündet vom kurz bevorstehenden Abschluß des »venezianischen Romans«, und Dario ahmt in einer Schlüsselszene die Unterschrift des Freundes – »alter ego« – auf einem der noch leeren Entwurfbögen angesichts des riesigen Stapels schon fertiggestellter Manuskriptseiten nach. Mit dem Roman verbindet die »Favilla« auch die wörtliche Übereinstimmung einzelner Passagen – etwa die Beschreibung der Glasbläserwerkstatt in Murano, wo die Kunst d'Annunzios/Effrenas mit derjenigen eben dieser Glasbläser verglichen wird. Das Wortmaterial dazu entstammt einer Tagebucheintragung vom 18. Oktober 1897.[7] Andere Stellen des gleichen Tagebuchhefts haben nicht in den Roman, wohl aber in die »Favilla« Eingang gefunden (die Beschreibung der Frauen vor Santa Maria degli Angeli in Murano). Der Verfasser des *Compagno* erinnert sich ausdrücklich jenes Tages in Murano, als es für ihn als den Schöpfer des *Fuoco* darum ging, Materialien für sein Kunstwerk zu erwählen und andere, nunmehr nutzlos geworden, beiseite zu lassen. Trotz der Verwandtschaft der beiden Werke wurde die »Favilla« aber viel später, nach 1924,[8] geschrieben, und somit auch nicht in Settignano, sondern in Cargnacco am Gardasee, im nachmaligen »Vittoriale degli Italiani«, dem berühmt-berüchtigten Museum der totalen

Selbstdarstellung d'Annunzios, wo er am 1. März 1938 auch verstarb. Nachdem die meisten »Faville« im »französischen Exil« bei Arcachon (1910-1916) entstanden waren, hatte d'Annunzio nach längerer Unterbrechung die Tätigkeit des *Sfavillare* wieder aufgenommen: »Ich schreibe für den *Corriere*, nach so vielen Jahren! Die Erinnerungen sprühen wahrhaftig hervor wie Funken.« Der Vittoriale geriet ihm zusehends zum goldenen Gefängnis, dessen Einsamkeit er nur dank des Schreibens zu überwinden vermochte: »Nur in dieser meiner Schmiede bewältige ich Niedergeschlagenheit und Ekel«.[9]

Der Ort der Handlung des *Compagno* scheint, was das Jetzt und den äußeren Rahmen (das Wiedersehen mit Dario, dem Freund aus der Gymnasialzeit) betrifft, identisch zu sein mit dem in der Datierung der »Favilla« angegebenen: die Villa Capponcina in Settignano, in der Umgebung von Florenz. 1898 hatte d'Annunzio das Haus gemietet, um in Ruhe das *Feuer* zu Ende schreiben zu können, in unmittelbarer Nähe des bescheidenen Wohnsitzes von Eleonora Duse.[10] Die berühmte, schon etwas alternde Schauspielerin und ihre nicht unproblematische Liebe zum einige Jahre jüngeren d'Annunzio war im Begriff, in der Beziehung Stelio Effrena – Foscarina im *Feuer* verewigt zu werden, und der (1924 verstorbenen) Duse sind auch die beiden Bände *Faville del maglio* in der Ausgabe von 1924-28 zugeeignet. Die Widmung des *Compagno* lautet wie folgt: »A Eleonora Duse / che del suo genio e del suo amore / in tutta la sua vita di esilii / fece a sé stessa alterne / una luce di lampada / una luce di rogo« – »Für Eleonora Duse, die ihr Genie und ihre Liebe während des ganzen Lebens im Exil sich selbst abwechselnd als Lampe und als Opferfeuer leuchten ließ«. D'Annunzio kann mit der Opferbereitschaft der Duse rechnen, als sie ihre Einwilligung zur Publikation von *Feuer* gibt, obschon sie weiß, daß sie damit ihr Privatestes der Öffentlichkeit preisgibt. (»Ich kenne den Roman«, schreibt sie ihrem Impresario, der sie auf diese Gefahr aufmerksam macht, »und ich habe mein Einverständnis zum Druck gegeben, denn mein Leiden, welcher

Art immer es sei, zählt nicht, wenn es darum geht, der italienischen Literatur ein neues Meisterwerk zu schenken. Ich bin nun 41 Jahre alt ... und ich liebe!«[11]) Schon wenige Jahre später, 1904, wird sie jedoch feststellen müssen, daß sie ihren Platz an eine andere, Alessandra di Rudiní, verloren hat. Den Sommer 1898 verbringen die Liebenden aber noch gemeinsam in Settignano, wo d'Annunzio nicht nur mit Schreiben, sondern auch mit der Einrichtung der Capponcina beschäftigt ist. Hierbei dürfte er wohl wiederum auf die Großzügigkeit der Duse zurückgegriffen haben. Seine eigene, katastrophale finanzielle Lage hätte ihm die raffinierte Ausgestaltung der Räume nicht erlaubt. Der Dichter war wie üblich tief verschuldet, und trotz seiner Verpflichtungen gegenüber seiner Frau, Maria di Gallese, gegenüber den drei ehelichen Kindern, gegenüber Maria Gravina, der Mutter seiner beiden unehelichen Kinder, verzichtete er zu keiner Zeit auf seinen aufwendigen Lebensstil, der ihm zum Lieben und Arbeiten ebenso nötig war wie die Luft zum Atmen.

»D'Annunzio hatte in den Heimstätten seines Lebens immer nur zur Miete gewohnt, häufig schon teilweise möbliert, sie dann aber umgestaltet, hergerichtet, sie seinem Geschmack und seinen literarischen Neigungen gefügig gemacht mit dauerhaften und kostspieligen Eingriffen, als ob sie sein Eigentum wären. Doch sobald die Motive seiner Wahl in ihrer Wirkung nachließen, sobald ihm die Lebens- und Liebesumstände andere Orte nahelegten oder finanzielle Nöte ihn zeitweilig zu weniger belastenden Lösungen zwangen, trennte er sich mit großer Leichtigkeit vom Besitz, ließ alles fahren, löste alles auf, schickte alles zum Teufel, als wolle er die Vergangenheit in ihrer Fleischlichkeit ausradieren, um nur noch ihre Vorstellung zu bewahren und ihren Genuß in einer neuen Gegenwart zu kosten – in einer neuen Gegenwart, die vielleicht aus denselben materiellen und geistigen Zutaten bestand, jedoch an einem andern Ort und unter andern Umständen neu zu erfinden war.« So ein Kritiker allgemein über das Verhältnis d'Annunzios zu

den wechselnden Szenarien seines Lebens.[12] Dies gilt auch für die Capponcina. Als sich im Sommer 1909 der Ruin ankündigte und d'Annunzio die Beschlagnahme der beweglichen Habe nicht mehr verhindern konnte, weilte er in Gesellschaft der schönen jungen Donatella (für Natalia de Goloubeff) in der Sommerfrische, und die Capponcina hatte für ihn ohnehin an Bedeutung verloren; schon mit der Vorgängerin Donatellas, der Gräfin Giuseppina Mancini, hatte er sich vorwiegend in seiner *garçonnière* in Florenz getroffen. Nur wenige der beschlagnahmten Dinge (ein paar Gipsabgüsse berühmter Statuen, mit denen er sich gern umgab, Bücher, Tücher, Orientteppiche) entgingen der Versteigerung im Juli 1911. Von der prunkvollen Hofhaltung in der Capponcina zu deren besten Zeiten – denjenigen der verschwenderischen Alessandra di Rudiní, als 39 Hunde, 8 Pferde und 21 Bedienstete zum Haus gehörten – war kaum etwas übriggeblieben.
Einige der im *Compagno* erwähnten Zimelien finden sich aber ein gutes Jahrzehnt später im »Vittoriale« wieder, nachdem sie ihm vielleicht auch im *châlet* Saint-Dominique bei Arcachon Gesellschaft geleistet hatten: das *Mémorial de Sainte-Hélène*, welches der Dichter gegen Ende der Begegnung mit Dario aus dem Bibliothekszimmer hervorholt und das die brüderliche Freundschaft der beiden Jugendlichen wieder heraufbeschwören soll, Michelangelos *Prigione*, der auf die leidvolle Szene des Wiedersehens mit der zwanzig Jahre zurückliegenden Vergangenheit herabblickt: Versatzstücke – Zitate – von damals, die in neuer Umgebung längst gelebtem Leben zu lebendiger Gegenwart verhelfen.
Diese und viele andere persönliche Details und autobiographische Züge verleihen der »Favilla« ein hohes Maß an Authentizität. Wenn von den »sieben Jahren meiner Gefangenschaft« (10) in Prato die Rede ist, nimmt der Leser zu Recht an, daß d'Annunzio selbst während sieben Jahren Internatsschüler am Real Convitto Cicognini von Prato war: Der am 12. März 1863 in Pescara geborene Gabriele war es von 1874 bis 1881. Wie in

einer Kindheitserinnerung des Cicognini-Zöglings im *Kamerad* beiläufig erwähnt (75), hat er einen jüngeren Bruder und drei Schwestern, und aus den in der »Favilla« festgehaltenen Gefühlen des sich Erinnernden (»Über deinem Grab ist Gras gewachsen, dort oben auf dem Hügel, von dem aus man das Meer sieht und zu dem ich nicht mehr zurückgekehrt bin« (30) geht hervor, daß der Vater um 1900 schon seit einiger Zeit tot war (9). Doch wer mit Dario, der Titelfigur der Erzählung, gemeint sei, ist umstritten. Die einen sehen in ihm die literarische Umsetzung des Bruders Antonio d'Annunzio, der wie Dario durch einen liederlichen Lebenswandel auffiel, einer Frau zweifelhaften Rufes hörig und hoffnungslos verschuldet war und sich mit der Fälschung der Unterschrift Gabrieles aus der Bedrängnis zu retten suchte.[13] Antonio war allerdings nie im Cicognini. Andere glauben in ihm einen gewissen Dario Biondi aus Sesto Fiorentino und Mitschüler Gabrieles zu erkennen, der in England ein abenteuerliches Leben geführt haben soll.[14]

Wie dem auch sei – wichtiger als die Identifizierung Darios ist die Feststellung, daß der »Freund mit den wimpernlosen Augen«, der Napoleon Bonaparte so auffallend ähnlich sah, nicht um seiner selbst willen von Bedeutung ist, sondern als Bezugsgröße des sich erinnernden Ichs, das die Etappen seiner eigenen Entwicklung nachvollzieht: »Nach zwanzig Jahren soll ich heute einen Kameraden aus dem Internat wiedersehen und mit ihm das Gespenst der frühesten Jugend, die doppelgesichtige Larve der Pubertät.« – »In meiner Erinnerung sehe ich ihn nun bei einer Tat, die vielleicht am besten das Wesen, das ich war, zum Ausdruck bringt.« (11) Die »Favilla« zeichnet die negative Entwicklung der Freundschaft nach, hält detailliert den traurigen physischen, psychischen und moralischen Zerfall des »Bruders« von damals fest, um die einsame, im Sinne Nietzsches übermenschliche Größe Gabrieles um so heller erstrahlen zu lassen.

Vorerst schien die Freundschaft der Cicognini-Zöglinge vollkommen und ungetrübt, dem »Favilla«-Schreiber stellt sie sich im Rückblick gar als das freieste und aufrichtigste aller Gefühle dar. Unvergessen bleibt insbesondere ein Karnevals-Abend in Prato, den sie außerhalb des Konvikts unter der Obhut von Gabrieles Vater verbrachten, zuerst draußen im fröhlichen Treiben der Masken, dann als Zuschauer am Fenster der Herberge. Die Schilderung schließt mit folgenden Worten: »Als ich einen undeutlichen Schein auf dem bleigrauen Baldachin der Kanzel bemerkte, hob ich den Blick und entdeckte im großen Perlglanz des Himmels das erste Viertel des Mondes – ein Goldfaden, der so kostbar war wie die Reliquie aus Palästina. Und das andere Augenpaar hob den Blick und sah. Und wir lächelten einander zu, indem wir uns aus den Augenwinkeln heraus einen ganz flüchtigen Blick zuwarfen. Und mein Vater konnte dieses Lächeln nicht sehen; ich spürte jedoch, wie seine schwere Hand warm und lebendig auf der Schulter meines Bruders wie auf der meinen lag. Nie habe ich diesen Augenblick unserer Freundschaft vergessen; der jetzt, in der Erinnerung, vor unbeschreiblicher Schönheit strahlt.« (27f.)

Doch bereits damals, trotz der vereinenden Begeisterung für Napoleon (»Allein das schicksalhafte Emblem auf dem Titelblatt [sc. der *Geschichte Napoleons*], der Anfangsbuchstabe seines Namens, über dem das Symbol der Ewigkeit prangte, versetzte uns lange Zeit in schweigendes Staunen, während ein dunkles Meer in uns beiden gleichermaßen wogte« (33), zeichnet sich ein seltsames Überlegenheitsgefühl Gabrieles über den »Bruder« ab: »Am Grunde meines freundschaftlichen Gefühls entstand etwas Wildes und Undeutliches, als wäre es nichts anderes als die Larve der noch unbekannten Liebe. Ich erinnere mich, wie ich zu ihm sagte, wobei ich eine jener unbedachten Bewegungen machte, die mich oft selbst überraschten und beunruhigten oder mich über meine Überspanntheit lächeln ließen: »Auch wenn du Bonaparte ähnlich siehst, würdest du für mich sterben wie Muiron auf der Brücke von Arcole?« Und er antwortete, ohne zu zögern: »Gewiß.« Und dabei sah er

meinen Vater an. Aus irgendeinem Grund wußte ich schon damals, daß das Schicksal mich zum Stärkeren bestimmt hatte und daß ich von meinen Nächsten blinde Verehrung und völlige Hingabe verlangen mußte.« (34f.)
Die Freundschaft mit Dario ist zudem keineswegs ausschließlich. Er ist zwar für Gabriele nach wie vor Spiegel und Maßstab seiner eigenen Tatkraft, doch für andere seiner Gaben und Fähigkeiten – Geistesschärfe, Raffinesse, Eleganz und Leidenschaft für den schönen Stil – bedarf er eines andern Maßstabs und eines andern Spiegels, den er im Mitschüler Aruns aus Carrara findet. »Und so genoß ich die Freundschaft zu beiden Kameraden, die ihre Abneigung gegeneinander kaum verbergen konnten, denn sowohl der eine als auch der andere waren mir behilflich bei meinem Experiment, das Unvereinbare in mir zu vereinbaren und das Unvergleichliche in mir zu entdecken.« Und wieder das Gefühl der eigenen Überlegenheit: »Beide waren außergewöhnlich und bereiteten mir oft das Vergnügen, mich ihnen selbst dort noch überlegen zu sehen, wo sie am lebendigsten, am tapfersten und am einzigartigsten waren.« (55) Dabei ist er sich durchaus bewußt, daß er etwas unwiederbringlich zerstört: »Es machte mir sogar Freude, die Blüte der aufrichtigen Freundschaft zu zerpflücken.« (52)
Eine weitere Entfremdung tritt ein durch die geheime Liebe Gabrieles zu Clemenza, die – ein Zufall? – ihre Ähnlichkeit mit der achtzehnjährigen Maria Walewska kultiviert. Ebensowenig wie diese Verliebtheit läßt sich ein anderes geheimnisvolles Gefühl, das Erschaudern vor dem verwaisten Pult des armen geistesgestörten Modenesers, mitteilen: »Und da dies alles unsagbar und unaussprechlich war, schien plötzlich ein eigenartiges Hindernis zwischen Dario und mir zu stehen, hatte sich in unserer bisher makellosen Freundschaft ein Riß aufgetan.« (76)
Die Kluft wird zusehends tiefer, als Gabriele ohne den Freund aus dem Internat entweicht, einmal nach Pistoia (»Erinnerst du dich an meine Flucht nach Pistoia, als ich, der Fähnrich, dir die Flagge eingerollt überreichte und dich stehenließ, obwohl du

so große Lust hattest, mit mir zu kommen...« (85), einmal auf den Montalbano (»So sehr ihr mich auch suchtet, ihr fandet mich nicht... Nicht einmal dir gab ich Antwort. Hin und wieder entfremdete ich mich auch dir ...« (86). Schließlich vollzieht sich der Bruch: Gabriele bricht gewaltsam aus dem Karzer des Internats, in den er zur Strafe für seine unerlaubten Ausflüge gesteckt wurde, aus, klettert in einem »Zauber, der einzig und allein von mir für mich selbst inszeniert war« (88), auf das Dach des Gebäudes, wohin ihm keiner zu folgen vermag, setzt in stolzem Wagemut gar sein Leben aufs Spiel, kostet am Rande des Abgrunds in einer Art egolatrischem Rauschzustand die Offenbarung seiner eigenen Überlegenheit aus, die Verachtung für all das Triviale, das er nun hinter sich gelassen hat. So gibt er denn auch nicht auf, als Dario versucht, ihn zur Rückkehr zu überreden: »Ein unüberwindbarer Widerwille entfremdete mich selbst meinem Lieblingskameraden, verleidete mir die Freundschaft und verführte mich zu dem Gedanken, die Freundschaft sei eine Fessel, die man sprengen müsse.« (112) Dario bleibt nur noch, die verlorene Freundschaft am Bett des schließlich freiwillig Zurückgekehrten zu beweinen (120).
Damit sind die beiden ungleichen Schicksale besiegelt. Als Dario zwanzig Jahre später in Settignano auftaucht, zieht er eine Goldmünze – einen Napoleon, den der Vater einst Gabriele geschenkt hatte – aus der Tasche: »Glaubst du, ich hätte deinen Talisman verloren? ... Aber leider, er hat mir kein Glück gebracht. Er hätte mir ein Sonnenstrahl von Austerlitz sein sollen, erinnerst du dich?; statt dessen ist er mir zum Viatikum für den Invalidendom geworden.« (23) Und in der Verabschiedungsszene scheint der Wagen Darios folgerichtig dunkel, »als wäre er mit dem schwarzen Tuch ausgekleidet, das man für gewöhnlich auf Särge legt oder aus dem man das Bahrtuch näht« (131). D'Annunzio hingegen steht auf der Seite des Lebens – im Schlußakkord der »Favilla« sieht er den »Kameraden« nochmals am Fußende seines Bettes weinen – wie an dem

Tag, »an dem ich ohne ihn mein Leben in den Dienst des Ruhmes stellte« (132).
Erzähltechnisch gesehen gibt sich die »Favilla« wie gesagt als Einschiebsel in den entstehenden Roman *Feuer,* als literarische Bewältigung des »unheilvollen Ereignisses«, der aufwühlenden Begegnung mit dem Freund von damals und in ihm mit der eigenen Jugendzeit, die die schöpferische Arbeit am Roman unterbricht: »Ich bin dazu bestimmt, ein souveränes Leben zu schaffen, ich bin entschlossen, es zu schaffen, um mich von dem unbarmherzigen Widerspruch nicht überwältigen zu lassen; und auf dem Höhepunkt der noch unerfüllten Mühe hält man mir nun einen schrecklichen Spiegel hin, aus dem mir die Fratze einer erloschenen Freundschaft entgegenblickt! Mein Schaffensdrang verleitet mich dazu, die Fratze neu zu bemalen, die Freundschaft aufs neue zu beleben, die Kraft weiterzugeben, indem ich sie aus dem Überfluß jener fernen Zeit schöpfe, die nun erneut vor mir aufersteht.« (87)
Bei genauerem Hinsehen lassen sich vier verschiedene zeitliche Ebenen erkennen: diejenige der Niederschrift der »Favilla«, die auf 1900 datiert ist, diejenige der erzählten Begegnung mit dem Freund (hier läßt sich nicht ausmachen, wieviel Zeit zwischen dem Ereignis und dessen Literarisierung verstreicht), diejenige der siebenjährigen Internatszeit in Prato (welche dem Wiedersehen mit Dario gut zwanzig Jahre vorangeht) und schließlich die Kinderzeit in Pescara, die in einzelnen signifikanten Episoden wieder heraufbeschworen wird.
Die Schilderung der Begegnung mit Dario ist im Präsens gehalten, der Leser nimmt daran unmittelbar teil: »Nach zwanzig Jahren soll ich heute einen Kameraden aus dem Internat wiedersehen ...« (8) / »Ich gehe über den Feldweg ...« (9) / »Ich sehe ihn, wie er in Fleisch und Blut auf mich zukommt ...« (18). Dieses Präsens vereinnahmt durchwegs das Hier und Jetzt des »Faville«-Schreibers, das sich nur einmal ausdrücklich als solches zu erkennen gibt und damit das Präsens der Erzählung als Kunstgriff entlarvt: »Während ich heute schreibe, um den

Schmerz und die Angst zu beschwichtigen, die mir der Kamerad mit den wimpernlosen Augen hierher in diese Schmiede meiner Poesie gebracht hat ...« (98).
Die Zeit der Kindheit erscheint meist als »Erinnerung in der Erinnerung«; man denke hier an die Stelle, wo der Erzähler sich in die Person des Internatszöglings zurückversetzt, der vor dem nunmehr verlassenen Platz seines geistesgestörten Banknachbarn steht: »Jetzt stehe ich wieder zwischen Tisch und Regal. Die Schublade ist leer, aber der üble Geruch des Haustierchens hat sich darin erhalten. Leer sind auch die Fächer des Regals, und dahinter sieht man die nackte Wand. Das bleierne Tintenfaß ist ausgetrocknet. Ich erkenne die Tintenflecke wieder, die Schnitte des Federmessers, die Initialen des Namens, die hier eingekerbt worden sind wie in die Rinde eines Baumes oder auf den Deckel eines Sargs.« (74) All diese Dinge sind immer noch durchdrungen »vom Leben eines Menschen, den es nicht mehr gibt«, scheinen den nun Abwesenden in einer Art Ausdünstung wieder körperhaft anwesend werden zu lassen. Doch der dem Pult immer noch anhaftende Mäusegestank holt die noch weiter zurückliegende Vergangenheit im Vaterhaus in den Abruzzen ins Bewußtsein Gabrieles zurück: »Es war ein altes Schränkchen aus Tannenholz, das etwas wackelig auf drei Beinen stand, und der Schlüssel, mit dem man es versperrt hatte, war schon seit langer Zeit verlorengegangen; es besaß zwei Türen mit kreisförmigen Öffnungen, die von einem Drahtgitter und zusätzlich noch von einem Spinnennetz abgedeckt waren, und aus seinem Inneren drang ein unangenehmer Geruch von altem Käse und ranziger Speckschwarte, wie aus einer alten Mausefalle.« (75) Dieser kleine Anstoß genügt, über die Erinnerung des Geruchssinns eine ganze Episode aus der Kinderzeit in der Gegenwart des sich Erinnernden geradezu physisch wiedererstehen zu lassen.
Die unterschiedlichen Zeiträume sind durch solche sinnhaften Verknüpfungen eng miteinander verzahnt, ragen ineinander hinein, durchdringen und bedingen sich gegenseitig. Be-

stimmte privilegierte Gegenstände (ein Buch, eine Münze) setzen den Erinnerungsfluß in Gang, lassen die Vergangenheit in gespenstischer Art und Weise zum Leben auferstehen. Am eindrücklichsten zeigt sich dieses Phänomen an der Napoleonmünze – »reliquia santa« –, die Dario bei der Begegnungsszene aus der Tasche zieht und d'Annunzio überreicht: »Ich nehme sie zwischen die Finger wie eine heilige Reliquie. Mein Vater hatte sie mir geschenkt, zu Ferienende, an einem Novembertag in Florenz ... ›Erinnerst du dich? Erinnerst du dich?‹ Immer wieder fällt dieselbe Frage, wie der Hieb einer Totengräberhacke. Vor uns erstehen Skelette und Gespenster. Die Knochen sind wieder von Fleisch bedeckt, in den Augenhöhlen liegen wieder die Augen, die Zähne stecken wieder in den Kiefern, wie bei einer Auferstehung. Ich sehe die Goldmünze in der weißen, weichen Hand meines Vaters. Und jetzt steht auch mein Vater vor mir, kräftig und blutvoll, etwas außer Atem und mit seinem ein wenig finsteren Blick, der hin und wieder seltsam zu leuchten beginnt, als würde Phosphor darin glühen.« (23 f.)
In der Münze als einem emblematischen Fragment von Vergangenem steckt eine ungeheure Kraft zu potentiellem Leben. Die Gegenwart konstituiert sich aus einer Summe von Reliquien, ohne die sie nicht ist. »Allein die Vergangenheit und die Zukunft existieren; und die Gegenwart ist nichts weiter als die Hefe, die diese zur Gärung bringt.« (28) So gesehen hat das Hier und Jetzt keine eigene Existenz und besteht nur in Funktion von Erinnerung und Erfindung von Zukunft. Das Heute des »Faville«-Schreibers dauert »mentre scrivo«, »solange ich schreibe«, der *Kamerad mit den wimpernlosen Augen* ist literarisierte Darstellung der Vergangenheits- und Zukunftselemente, die dieses Heute konstituieren. Damit erweist sich die Erzählung nicht nur – wie von d'Annunzio angekündigt – als »innere Analyse« einer dem Wandel der Zeiten unterworfenen Freundschaft. Sie manifestiert uns gleichzeitig in exemplarischer Weise das Verhältnis d'Annunzios zur Zeit überhaupt,

seinen Zwang, dem Hier und Jetzt zur Existenz zu verhelfen, indem er sie mit »Reliquien«, Relikten von Gelebtem, ausstaffiert. Die »Favilla« ist ein wichtiger Baustein zum dannunzianischen Gesamtkunstwerk.

1 Mit der scherzhaften Bezeichnung »sfavillare« meint d'Annunzio nicht nur das Schreiben der »Faville« selbst, sondern auch den damit verbundenen, durchaus materiellen Effekt; da er für jede gelieferte »Favilla« tausend Lire erhielt, nannte er einen Tausender bald auch »favilla«. Cf. Enrico Falqui, *Novecento letterario italiano*, Bd. 3, *Narratori e prosatori: da D'Annunzio a C.E. Gadda*, Firenze, Vallecchi, 1970, S. 68.

2 »Il libro della mente che vien meno«, so der Hinweis von 1924. S. Gabriele d'Annunzio, *Prose di ricerca* II; *Tutte le Opere*, Milano, Mondadori, 1947, S. 4.

3 Ibid., S. 5.

4 Gabriele d'Annunzio, *Poesie – Teatro – Prose*, a cura di Mario Praz e Ferdinando Gerra, Milano-Napoli, Ricciardi, 1966, S. 1093.

5 Falqui, cit., S. 80.

6 Piero Chiara, *Vita di Gabriele d'Annunzio*, Milano, Mondadori, 1978, S. 130.

7 Gabriele d'Annunzio, *Taccuini*, Milano, Mondadori, 1965, S. 205 ff. (Heft XV).

8 Nach Falqui, cit., S. 88.

9 Nach Falqui, cit., S. 75.

10 Chiara, cit., S. 120 ff.

11 Zitiert nach Chiara, cit., S. 132.

12 Umberto di Cristina in *La dimora di d'Annunzio. Il Vittoriale*, Palermo, Edizioni Novecento, 1980, S. 36/37, im Kapitel über die Capponcina.

13 G. Gatti, »Il compagno dagli occhi senza cigli« ed »Il fratello esule«, in: *Gabriele d'Annunzio. Studi e saggi*. Bologna, Cappelli, 1959, S. 131-134.

14 G. Fatini, in *Quaderni dannunziani 32/33*, 1962, 1161-1163; vd. Gabriele d'Annunzio, *Poesie – Teatro – Prose*, cit., S. 1147.

Gianni Celati
Landauswärts

Aus dem Italienischen von Marianne Schneider
st 2603. 173 Seiten

Vier poetische Reisetagebücher führen durch die Gegend des Podeltas, die zahlreichen Arme des großen Flusses entlang bis zum Meer. Der erste Bericht erzählt von einer Fußreise durch das Land um Cremona in den ersten Tagen nach der Explosion des Kernkraftwerks von Tschernobyl.
Der zweite handelt von einer Erkundung der Dämme des Po. Der dritte enthält eine Besichtigung des trockengelegten Sumpfgebietes bei Ferrara. Der vierte spricht von einer abenteuerlichen Reise zu den Mündungen des Po, von der Suche nach den Grenzen des Festlands, dem äußersten Horizont, der Schwelle zu etwas anderem.

Vincenzo Consolo
Das Lächeln des unbekannten Matrosen

Aus dem Italienischen von Arianna Giachi
st 2604. 168 Seiten

Vincenzo Consolo schildert in seinem historischen Roman das Sizilien des Jahres 1860, als Garibaldis Truppen die Insel eroberten und befreiten – und die Armen doch wieder das Nachsehen hatten. »Mit dem bedeutenden Roman *Das Lächeln des unbekannten Matrosen*«, schrieb Michael Krüger, »gelingt es Vincenzo Consolo auf überzeugende Weise, das ramponierte Genre des historischen Romans zu aktualisieren. Sein Szenario Siziliens enthält alle Elemente eines spannenden Romans – Intrige, Kampf, Liebe, Landschaft, die Auseinandersetzung zwischen Adel, Bürgertum und Volk.«

Die Stunde der Leoparden

Italien:
Leben, Landschaft, Geschichte

Elizabeth von Arnim
Verzauberter April

Roman
st 2601. 274 Seiten

Vier ernsthafte englische Damen brechen aus ihrem Alltagsleben aus und mieten sich in einem mittelalterlichen Castello am italienischen Mittelmeer ein. Dort entdecken sie Italien – und, ganz beiläufig, auch sich selbst.

Gesualdo Bufalino
Klare Verhältnisse

Roman
Aus dem Italienischen von Hans Raimund
st 2602. 172 Seiten

An einem heißen Tag im August wird ein berühmter Verleger von einer herabstürzenden Aischylosbüste tödlich getroffen. War es ein Mord? In Briefen, die er zurückgelassen hat, beschuldigt er nacheinander seine Ehefrau, seinen Kompagnon und schließlich den Geliebten seiner Frau, liefert Indizien und Motive. Aber der Verblichene hat nicht mit seiner ihm ergebenen, eigensinnigen Sekretärin gerechnet …